O Agente de Deus
Romance

Ronaldo Vieira

São Paulo
2016

O Agente de Deus
© 2013 *by* Ronaldo Vieira

Projeto gráfico e revisão: Ronaldo Vieira
Capa: Rafaela Cavalcanti

Dados Internacionais de Catalogação na Publicação (CIP)

Vieira, Ronaldo, 1964-

V718a   O agente de Deus. Ronaldo Vieira -- São Paulo: MoVi/Amazon, 2016.

ISBN: 9798635660904
Selo editorial: Independently published

1. Romance Brasileiro. 2. Literatura Brasileira.
2. Ficção – Romance. I. Título

CDD 869.93

Índices para catálogo sistemático:
I. Romance Brasileiro 869.93
2. Literatura Brasileira 869.9

Prólogo

Faltavam quinze minutos para as sete e Fred ainda nem apontara na porta, para o desespero de Du, seu amigo.

- Anda Fred! Vamos nos atrasar... Dizia quase desistindo de levar Fred e com a certeza de que jamais chegariam às oito horas. Sua cabeça era acometida por apenas um pensamento – Vou embora... Finalmente, quando desistira do amigo, já dando ordens mentais às pernas, no momento em que se virava para rumar o corpo, Fred apareceu na porta vestido com seu cativante sorriso e sua irradiante energia.

- Rápido Fred! Vamos nos atrasar, ou melhor, estamos atrasados. Bronqueava Du.

Milagrosamente, faltando dois minutos para as oito, o Pastor Teuber elevara a mão para cumprimentar o assíduo frequentador de seus cultos na companhia de seu convidado.

- Sejam bem vindos, e que no dia de hoje sejam tocados em vossos corações!

Apesar da família religiosa, já havia algum tempo que Fred não frequentava algum templo. Sentia-se como se fosse a primeira vez que entrasse ali, e como era de seu costume, observou tudo, todos os aspectos locais, e o que mais lhe chamara a atenção fora toda simplicidade do local, onde não havia quadros, imagens, ou adornos especiais. Para enfeitar a casa de oração, somente flores multicolores arranjadas de forma que pareciam se repetir sobre o altar por diversas vezes, e para ser lembrado que era um templo e não outro lugar qualquer, bancos coletivos enfileirados com o característico local para os fiéis se ajoelharem.

O templo, se visto do lado de fora, mais parecia um simples galpão de alguma empresa, porém, se olhando com um pouco mais de atenção, um letreiro tão simples quanto sua aparência, bem acima da porta dupla, no centro da construção, que também era usada como principal entrada dos fiéis frequentadores lia-se no formato de meia lua: Igreja do Brasil – *Fundada em 04/03/1949.*

Ainda na porta dando as boas vindas ao seu povo, o pastor Teuber rememorava a semana... Desde o último domingo que relutava em aceitar os temas para o sermão que lhe vinham à mente. Buscava algo especial, queria quebrar o ciclo normal fazendo um grande, memorável e inesquecível sermão, afinal, seria sua despedida da igreja, seus fiéis que o acompanhavam há tanto tempo e claro, do Brasil! Por isso a relutância em aceitar uma inspiração qualquer...

Senhor seja feita tua vontade... Pensava o Pastor, um tanto inconformado com sua falta de fé, imaginação, ou o que fosse que caracterizasse aquele inconformismo na aceitação do tema, que deveria ser especial... Pensava com seus botões enquanto analisava a situação.

O tempo passava a toque de caixa e ainda nada lhe havia tocado, não havia se decidido sobre o que pregaria. Começara a ficar incomodado. Sentado em sua poltrona preferida, olhava pela vidraça de seu escritório, que ficava ao lado do salão da igreja. Olhava o céu, enquanto se recordava de seus primeiros dias na fé. E como uma coisa puxa outra e pensamento viaja, lembrava-se agora de seus pais na Alemanha, de sua vila, e finalmente, o dia em que decidira, optara por tornar-se um pastor das ovelhas desgarradas e necessitadas...

- Arrebanhar ovelhas para a salvação!

Nessas situações se tornava melancólico, naturalmente deprimido. E toda vez que a lembrança dos pais, já falecidos, a saudade batia forte o invadindo o mais profundo de seu ser, a alma. E toda vez que isso ocorria, na idade em que se encontrava atualmente... Sinceramente, havia pedido a Deus, por mais de uma vez, que o levasse para junto dos seus, porém, sua vontade não era a Dele! Então, sem outro remédio, conformava-se com sua situação e tocava a vida.

- Arrebanhar ovelhas para o senhor... Pensava. Por que não?

E assim, como quem nada quer havia se decidido qual o rumo daria a seu sermão, afinal um grande sermão não necessitava de um grande tema, mas sim de uma boa unção, inspiração e profundidade de sentimentos muito bem representados por palavras escolhidas a dedo; como um poema... Sim, buscaria os verbos corretos, traçados como se rimas raras, únicas se possível! Seria um esplendoroso e divinamente inspirado sermão em que arrebataria muitas almas, e se fosse realmente a vontade de Deus... E se realmente fizesse seu trabalho com esmero, propósito e inspiração desejado, muitas almas se converteriam no dia, naquele dia!

Fechando assim sua participação na Igreja do Brasil com grande jubilo e graça concedida. E que grande culto seria. Sonhava com sua igreja avivada na fé, sendo levada às alturas pelo louvor...

Na véspera de seu último dia à frente da comunidade, poderia se dizer que estava realmente feliz por ter encerrado sua missão ali, junto aos fiéis daquela comunidade, contudo, o motivo real e desconhecido de todos, era que estava feliz por finalmente ter encontrado um objetivo para seu último sermão.

Talvez pela felicidade, ou excitação, não conseguira pregar o olho durante a noite, com pensamentos insistentes em ficar martelando-lhe a mente como se ensaiasse mentalmente quadro-a-quadro tudo o que faria na manhã de domingo. Era maior que ele, era toda sua vida, trabalho, dedicação esperando somente o grande final.

Estava sentado em sua poltrona como se hipnotizado diante do grosso caderno, presente de um antigo amigo de sua infância, que havia, com o passar dos anos, se transformado em diário. Com a caneta numa mão e o caderno em outra, Teuber bem que tentava, mas não conseguia escrever uma linha sequer. Tentava, mas não encontrava as palavras, que tão romanticamente havia professado, muito menos conseguia decifrar ao certo o que passava por sua alma e o que realmente sentia. Pressentia que um tipo de vulcão habitava seu peito e que a qualquer momento entraria em erupção.

Agora tomava consciência de não haver chegado a hora! Obtivera a certeza, de alguma forma, certamente por meio de sua fé, que as palavras entranhadas em sua alma agiriam como um rebento, que nasce naturalmente, na hora certa, e por isso, não poderiam ser obrigadas a se adiantar. Olhou o relógio no pulso esquerdo, como era seu hábito, constatando que há partir daquele momento tinha apenas dez minutos para ficar ali.

Durante sua última semana, o tempo passara muito rápido, urgia e se tornava extremamente curto para que conseguisse finalizar todos os compromissos a que se obrigara. Decidido já no momento em que ia iniciar seu penúltimo dia no Brasil, pôs as duas pernas para fora da poltrona, se preparando para se levantar, porém, subitamente se sentiu cansado, neste momento, se dando conta que, em meio a pensamentos e devaneios, passara doze horas na mesma posição, praticamente se mexer um músculo sequer. Travara.

Tentou novamente, em vão, como se fosse puxado por poderosos braços de volta à poltrona num forte abraço de urso, então, nesse exato momento, como por encanto, sentiu o ímpeto de escrever. Seu diário, a caneta, pensamentos, alma, fé e tudo o que se juntava de alguma forma para forma-lo desentranhavam em palavras que tanto esperara e desejara.

São Paulo 01/01/1973.

Enquanto ando nesse curto espaço, marcando com meus passos o tempo, lembro que pensei jamais envelhecer... Ah vida! Doce vida que amarga muitas vezes, que se impõe às vezes, que nos leva com sua força impiedosa ao encontro do destino, fascina-me hoje mais que nunca! E como um vício, ou enigma insolúvel, procuro conhecê-la, e analisa-la friamente, sendo eu o expectador de mim mesmo, mas, me frustro ao deparar-me com as emoções, os momentos de tristeza, felicidade e uma enorme gama de sentimentos indescritíveis. Aos poucos me contamino como o antropólogo em meio a sua pesquisa...

A cada instante uma nova surpresa, a cada surpresa um instante para se pensar... Parar por algum tempo e tentar entender! Enquanto o tempo passa, se ri de mim, de minhas vãs tentativas, de meus utópicos sonhos, da infantilidade de querer bem a todos, Que coisa?

- Esse mundo precisa de fé! Precisa ser mudado para melhor!

- Preciso ao menos tentar adiantar o processo... Adiantar o processo! Sim, somente com muitas e muitas almas novas é que mudaremos o mundo e por consequência, as pessoas e seus atos indignos, quando Deus se sentirá um pouco mais feliz.

Da mesma forma que veio; se foi a enxurrada de inspiração, e naquele momento começou a revirar os pensamentos e os conhecimentos teológicos, sua inspiração, enfim, que necessitasse para o sermão, com a certeza de que encontraria o conteúdo necessário para finalizar seus escritos. Novamente olhou no pulso esquerdo, constatando a falta de tempo, agora devido aos compromissos sociais e obrigações pessoais assumidas, que quase não permitiam o aprofundamento no tema, por isso, ia ficando pouco à vontade, constrangido e constrangendo. Às vezes notava seu comportamento certa agressividade, mas na maioria das vezes não se dava conta da falta de tato que tomara conta de si.

Em seu penúltimo dia na paróquia, no dia em que tentava conversar com os diáconos, com os velhos amigos e os seguidores, por sua falha, não conseguira dar a devida atenção àquelas pessoas que tanto mereciam sua amizade. Mas, se por um lado não conseguia ser a pessoa a que se propusera naquele dia; por outro, não se afligia, pois tinha toda a convicção que o Senhor assim o desejava.

Os fiéis bem que notaram sua impaciência, nervosismo e as maneiras constrangedoras; mas, a maioria o conhecia de longa data, e por isso, acreditavam ser devido ao nervosismo, natural, provocado por sua volta à Alemanha e despedida da comunidade. Não bastasse isso, o misto de emoções, sentimentos de abandono, e de abandonar amigos, velhos e fiéis amigos! Balançaria qualquer homem, ainda mais aquele homem solitário, já um tanto idoso para pensar em casamento.

Acreditava-se, e isso era unanimidade na igreja, que o "abençoado pastor" há muito optara por dedicar-se de corpo e alma as obras de Deus. Mas não era por isso que a grande maioria dos fiéis o admirava, na verdade Teuber sempre fora o contrário do que demonstrou naquele dia. Sempre amável, contido, incapaz de uma má palavra, e sempre acessível a todos; de todas as classes sociais, conseguindo com grande capacidade e naturalidade, entender e fazer-se entender por todos. Era um embaixador e defensor incondicional de Deus perante os homens!

Teuber era muito alto e forte, apesar de sua idade, com estampada seriedade no rosto, o que a primeira vista causava certo receio e respeito imediato, porém seu natural carisma aliado ao seu abrasileirado calor humano traia-lhe a pose construída ao primeiro contato, fazendo-o parecer aos olhos de quem o via, um enorme menino, e quando abria a boca – Era como se uma boa música soasse de suas cordas vocais. Tinha o dom da palavra, carisma e associava a isso, o bom senso que todo bom diplomata carrega naturalmente. Finalmente, associado a tudo isso, a crença de que o verdadeiro amor era o amor de Deus, e para chegar a ele, nada mais seria necessário que seguir a um, apenas um de seus mandamentos: Ama a teu semelhante como a ti mesmo! Somente esse mandamento, a fé nessas poucas palavras, havia servido de base para toda a sua vida.

Constantemente se pegava perdido em lembranças do inesquecível momento em que ouvira o chamado! Aquela sensação jamais o abandonara, podia sentir-se tocado pelo Espírito Santo de Deus indicando a verdadeira obra! Todas as vezes que se lembrava, se emocionava e orava em agradecimento ao Pai, por ter sido escolhido: *"[1]Tu ó Senhor, das a paz e prosperidade às pessoas que têm uma fé firme, às pessoas que confiam em Ti"* – Assim seja sempre, amem!

O dia amanhecera de forma incomum. O sol dourava nuvens esparsas no céu, que insistiam em ficar abaixo do astro maior, parecendo que tinham consciência do espetáculo que proporcionavam aos indiferentes seres humanos. Certamente, ao menos um ser humano não estava indiferente ao espetáculo das nuvens naquele domingo.

Teuber olhava e não sabia o que pensar a respeito do que via, então não pensava no espetáculo proporcionado pela mãe natureza, mas sim nos homens, que parecendo imunes às melhores coisas da vida, viviam se acabando e acabando com seus semelhantes, sempre em busca do maldito dinheiro ou poder, seja ele econômico, social ou o que fosse! Por isso e pelo que acreditava, mais uma vez se ajoelhou, fechando os olhos com força, e com mais força ainda, muito mais, dirigiu todos os seus pensamentos e sentimentos a Deus, pedindo que naquele dia tudo corresse de acordo com seus planos, acreditando serem eles também os planos do Pai.

Em oração agradecia por ter lhe proporcionado aquele sermão, crendo com toda a força de seu ser que arrebataria, naquele dia, algo de bom, de muito especial para Deus.

Exatamente às seis e meia da manhã do domingo, como fazia sempre, quem passasse por aquela Rua de Santo Amaro, poderia notar a porta da igreja aberta e a sua frente, como se fosse o

---

[1] Isaías 26:3

porteiro, um homem enorme, aparentando meia idade e com um sorriso franco e irresistível nos lábios.

O Pastor Teuber, fazia questão absoluta de cumprimentar seu rebanho pessoalmente. Cumprimentava um por um como se contasse a todos para se certificar à quantidade de ovelhas presentes no culto.

Naquele dia especial queria olhar um a um; queria olhar bem dentro de seus olhos e sentir de um que fosse, não importava a quantidade, mas a qualidade da fé; queria ter a certeza de que seu rebanho ficaria firme em seus propósitos, e que aquela mudança em nada os modificaria. Era isso que queria! Pensou, lembrando-se instantaneamente de uma passagem Bíblica: *"[2]Mas aquele que faz a vontade de Deus permanece para sempre"* Olhou novamente o espetáculo do céu e ficou ainda alguns instantes meio refletindo, meio orando...

Dentro da igreja, nos bancos de madeira maciça com encosto e apoio para os joelhos à frente, o altar simples com instrumentos musicais que eram utilizados durante os louvores e também para acompanhamento, o púlpito simples de madeira com um microfone e na parte de trás do púlpito, doze cadeiras simbolizando os doze apóstolos, onde diáconos e palestrantes convidados aguardavam sua vez de dirigir a "Palavra" aos ouvintes.

Naquele dia em especial, a igreja estava lotada por fiéis, amigos e admiradores do pastor, além disso, havia mais dois motivos:

Primeiro – Era o dia em que simbolizavam a santa ceia, por ser o último domingo do mês, e isso sempre trazia mais gente aos cultos.

Segundo – Por ser a despedida do Pastor, não só da comunidade, mas, também do país, o que levou muitos a ficarem em pé (coisa rara naquela igreja).

Em meio aos fiéis, Du encaminhou o amigo Fred para que ficassem bem próximos do altar, no gargarejo, como num show, e claro, para não perderem nada daquele culto, que prometia seria especial.

---

[2] I João 2:17

Como de costume, pontualmente às sete da manhã, Teuber entrou igreja adentro com passos lentos, porém decididos rumo ao altar. Caminhava como uma noiva, com seus passos compassados, pelo corredor central, e à medida que era percebida sua entrada, o silêncio, aos poucos, no compasso de seus pés, aumentavam, até que o silêncio total tomou conta da igreja.

Teuber postou-se no púlpito, olhou para todos por alguns instantes como se os analisasse individualmente, então tocou no microfone e ouviu aliviado o som característico de microfonia. Respirou por segundos e emendou:

- Bom dia irmãos! – Sejam bem vindos! – E que o senhor esteja conosco nos enchendo o coração com sua graça e infinita bondade, amem?
Em coro a igreja respondeu, Amem!!!

- Como fazemos tradicionalmente todos os meses aqui, hoje celebraremos a santa ceia. Por isso, peço aos que se sentem libertos e confessos perante o Senhor, que aceitem o sangue e corpo, que banha e glorifica o estado de arrependimento e aceitação em nossas vidas o amor que nutrimos por Deus-Pai, Amem?

Novamente as vozes em coro confirmaram, Amem!!!

- Irmãos! O único caminho para os que, perseverantemente, durante sua curta passagem pela terra creem e desejam a salvação de suas almas, e para que a vida eterna lhes seja presenteada è por meio de nosso Pai – Rei dos Reis – que nos ensina através de seu evangelho qual o caminho a trilhar, alguém pode me dizer? Em coro a igreja respondeu.

"[3]Eu sou o caminho,..." e o que? *"... e a verdade, e a vida. Ninguém vem ao Pai se não por mim."* Isso! Se tiverem dúvidas como Tomé, para saber qual o caminho a seguir irmãos, leiam o evangelho e reflitam sobre a única verdade! Eu peço a todos que leiam, reflitam e aceitem, para seu próprio bem, pois é essa verdade que lhes garantirá a vida eterna. Há alguém aqui que não deseje a vida eterna?

- Não! - Responderam os fiéis em coro.

Então oremos! Oremos em silêncio pela benção que nos conduza pelo caminho estreito da salvação, amem...

---

[3] João 14:6

Em meio ao silêncio cheio de energias positivas, Fred começava a sentir algo diferente, algo especial. Um sentimento diferente de tudo que experimentara, aos poucos, o invadia por dentro, ia se arrepiando ao mesmo tempo em que um calor subia, invadia, de dentro para fora todos os poros; foi então pôde concluir e constatar que acreditava em Deus, e que os acontecimentos negativos em sua vida não serviram para afastá-lo do seu coração, ao contrário, serviram para mantê-lo em silêncio, repousando, hibernando dentro de si até aquele momento. Era filho do Deus Vivo!

Fred sorria em silêncio, sentindo-se eufórico, decidido a viver tudo aquilo à partir daquele momento. O calor que sentia em cada mínima parte de seu corpo junto com o excessivo suor que brotava o impressionou. Estava totalmente molhado, como se tomasse um banho de chuva... procurava reconhecer o processo em que seu organismo estava, o que lhe dizia, enquanto o Pastor voltava à carga, agora esquecido dos bons modos, não pedia por favor, ordenava:

- Abram suas Bíblias em Ezequiel Capítulo 34, Versículos 11 e 16. Mal esperava o tempo necessário dizendo:

- Vou ler. Acompanhem. *"Eu, o Senhor Deus, digo que eu mesmo procurarei e buscarei minhas ovelhas. Procurarei as perdidas, trarei de volta as que se desviarem, farei curativo nas machucadas e tratarei das doentes"*- Após mais uma pausa, continuou enfatizando as qualidades de Deus:

- Que Pai bondoso temos!!! Agora vejam em Mateus capítulo 11, versículos 28 e 29! Leiam comigo: *"Venham a mim, todos vocês que estão cansados de carregar as suas pesadas cargas. Eu lhes darei descanso. Sejam meus seguidores e aprendam comigo porque sou bondoso e tenho um coração humilde; e vocês encontrarão descanso"*. Repetiu:

- Que Pai bondoso temos; zeloso de seus filhos e infinitamente humilde!

- Eu peço de joelhos, ajoelhou-se num ato de humildade, esquecendo-se totalmente de sua idade e condição física, o que o renderia algumas dores posteriormente.

- Aceitem o convite! Convertam-se! Disse num meio berro.

- E se você que ainda não se declarou publicamente, mas tem a certeza de que o Deus vivo vive dentro do seu coração... Não perca tempo! Não desperdice sua vida!!! O aceite de uma vez... Disse num quase sussurro, e aumentando a voz, como se aumentasse um aparelho amplificador de som:

- E verá que maravilha é ser um vaso de honra, e que maravilha é ter a oportunidade de poder ser humilde e bondoso...

– Sigam o caminho da vida eterna; o caminho estreito... Sigam o seu coração, amem?

Novamente, agora mais alto que nunca, ouviu-se um AMÉEEM.

- Oremos em silêncio, e farei um desafio a todos...

A banda tocava um pop-rock com letra inspirada na Bíblia enquanto os diáconos passavam por todos com vários copinhos cheios de suco de uva e minúsculos pedaços de pão tipo italiano repetindo a ladainha "corpo e o sangue de Cristo"

Durante a distribuição da Santa Ceia, a banda parou por alguns instantes, para que Teuber voltou a tona dizendo:

- Novamente peço; que participem da santa ceia, somente os que se sentirem libertos e merecedores! Claro que isso é um ato de consciência! Então apele para a sua, e reflita por alguns instantes se você realmente merece participar? Se a resposta for positiva, ótimo; que seja abençoado! Se ao contrário, a resposta for negativa; sinta-se feliz por ser honesto consigo mesmo, e por isso, com certeza, será grandemente abençoado, amem?

- Amém! Repetiram os presentes em coro, enquanto o louvor recomeçava. Quase que simultaneamente, os diáconos voltaram a entregar aos fiéis um pequeno copo contendo um pouco do suco – o sangue simbolizado – e um pedaço de pão – O corpo simbolizado.

A música estimulante e bem tocada levara Fred, assim como muitos outros, para bem longe, enquanto acompanhava as letras, que eram projetadas na parede pelos slides... Agora pensava.

Os instrumentos bem ensaiados, o contra baixo bem tocado dava alma e peso a bateria, que era acompanhada por centenas de mãos no mesmo ritmo, e naquele instante, ao recomeçarem a cantar a letra, um forte arrepio tomara conta do corpo de Fred. Junto ao arrepio, um sentimento lento e insistente, que vinha bem devagar, quase como um sopro, uma brisa que invadia o ar lentamente, aos poucos, Assim como a brisa, o sentimento invadiu seu coração...

O coro de centenas de pessoas cantava em uníssono *"Santo, Santo, Santo – Santo, Santo, Santo – Santo é o Senhor!"*.

Fred não percebera que seu coração se escancarava ao novo sentimento. Tal ato, assim como seu coração, agora se tornara involuntário, dando vazão a muitas lágrimas que saiam extremamente quentes, e que expunham publicamente todo seu sentimento e o que julgava ser a felicidade naquele momento. Ao seu lado, o amigo o abraçou com força, acostumado a este tipo de manifestação, enquanto acompanhava juntamente com os demais a forte melodia.

A aceitação foi para Fred, uma coisa mágica! Sentia-se momentaneamente livre, leve, liberto das coisas materiais pertencentes ao mundo material. Em sua alma tudo era paz... Ingenuamente, com o coração encoberto de pureza, por instantes, acreditou que no mundo, tudo era bom, que só existia a bondade nas pessoas, e que a malícia era algo praticamente inexistente no meio em que se encontrava.

Viajava em sua utopia, quando foi chamado à realidade pela voz do Pastor que vinha de muito longe chegando lentamente a seus ouvidos.

... A pergunta é, mas porque devo me converter? Então, novamente, a resposta nos vem de forma simples. O Senhor nos fala dos perigos do mundo, nos fala das iniquidades, das tentações, nos pedindo que recusemos o poder e as coisas sujas e fáceis, pois elas, assim como nossa passagem pela terra, são ilusões!

- Vamos abrir nossas Bíblias em: Um João – 5:19! Leiamos! *"O mundo inteiro jaz no poder do maligno"* percebam como Deus esclarece tudo? E para confirmar suas palavras, identifica o inimigo! Agora vamos lá, em apocalipse 12:9, novamente juntos! *"E foi expulso o grande dragão, a antiga serpente, que se chama Diabo e Satanás, o sedutor de todo o mundo, sim, foi atirado para a terra, e, com ele, os seus anjos."*

- Para ratificar e entender melhor, em dois Coríntios – 4:4 a Bíblia o chama de: *"O deus deste sistema de coisas..."* sistema de coisas! Sim! Deste sistema de coisas que quer dizer: coisas mundanas! E mundanas quer dizer: do mundo; o que para muitos quer dizer sujas. Se formos pensar de forma radical, a vida não seria possível na terra, pois os devotos verdadeiros deveriam abrir mão de tudo o que lhes pertencer, tudo o que pertence ao mundo, não? Claro que não! Na verdade, o que Deus quer de nós é algo muito mais simples... Ele nos pede que o adoremos; quer somente nosso amor, e quer que nos amemos! E para que? Para vivermos eternamente... Difícil não? Sim! Sim, sim, sim, sim! É muito difícil nos desvincularmos do mundo; e por quê? Ora é simples demais! Porque vivemos nesse mundo e porque estamos sob o governo do Diabo. Romperemos com o inimigo a partir de agora! Viveremos sob seu governo, mas, para a honra e glória do Pai nosso que está no céu; Amem?

- Amém! Respondeu a Igreja eufórica.

- Irmãos; acho que estou me deixando levar! Mas é tão bom falar das coisas de Deus! Bem, como havia dito anteriormente, lançarei um desafio à todos vocês.

- A grande maioria aqui, talvez todos os presentes, sabe que hoje é meu último dia nessa igreja... Por conta disso, desde já, agradeço a tolerância por tantos anos, pelos bons relacionamentos de amizade e fé, mas digo hoje, como sempre disse! O verdadeiro motivo de estarem aqui, jamais deve ser o pastor, mas sim, a busca constante do verdadeiro caminho! E como acredito ser Deus o único e verdadeiro caminho, deixo aqui uma responsabilidade enorme a todos... Perseverar sempre! É isso que peço a todos vocês. Peço que jamais desanimem da luta árdua que terão pela frente, pelo resto de seu tempo na terra... E o desafio que era apenas um, tornou-se dois!

- Primeiro: Quem aqui se compromete a jamais desistir? Todos levantaram as mãos.

– Glória a Deus! E que Ele dê força a todos, é o meu desejo mais sincero.

- Segundo: Antes gostaria que soubessem que não tinha a menor ideia sobre o que dizer hoje no sermão, nem qual o tema, nem nada. Orei muito, e quando o dia raiava e já me desanimava, eis que o Senhor manda um lampejo de luz, me sopra aos ouvidos o tema e tudo o mais que deveria dizer; e aqui estou, aos trancos e barrancos, mas com grande satisfação – Preparei um sermão, mas não o usei confiando no poder do Espírito Santo de Deus! Usei sim, minha convicção, minha fé para lhes falar hoje.

– Orei muito ao Pai pedindo que abençoasse minhas palavras e senti, hoje, sua presença aqui! Por isso, quero pedir aos que ainda não se declararam a Deus, que o façam agora! Coragem!

- Quem entre vós sentiu-se tocado, que venha à frente! Após uma pausa silenciosa:

- Vamos, não se sintam envergonhados, sintam-se felizes!

Nesse momento, meio sem querer, ou saber bem o porquê, Fred foi se encaminhando para frente, enquanto ouvia o coro que acompanhava Teuber:

- Glória a Deus! Deus seja louvado!

Quando finalmente pareceu medir as consequências de seu ato, enrubesceu ao notar que estava só. Ali à frente de centenas de pessoas que olhavam para ele com os mais diversos olhares, sentiu-se constrangido, envergonhado.

- Glória a Deus por isso! Por que foi dito: *"Se alguém quer me seguir, esqueça os seus próprios interesses, carregue cada dia a sua cruz e me acompanhe. Porque quem quiser salvar a sua vida vai perdê-la; mas quem perder sua vida por minha causa vai salvá-la."* E a palavra nos diz mais: *"Que vantagem terá alguém em ganhar o mundo inteiro, se ele mesmo se perder ou for destruído?"* Por isso, este irmão, hoje e aqui, foi ricamente abençoado, foi tocado e ganhou a vida eterna, Amém?

Antes de ouvir a resposta que invariavelmente vinha em coro, já falava a todos novamente, agora com muita fluência e urgência, num quase êxtase, que após o culto, fora considerado por muitos, inspirado e até mesmo soprado em seus ouvidos pelo Espírito Santo e dito através de sua boca, de onde as palavras saltavam, eram cuspidas, emanavam, entre outros adjetivos usados:

"[4]Pois, se alguém tiver vergonha de mim e do meu ensino, então o filho do homem terá vergonha dele também, quando vier na sua glória e na glória do Pai e dos santos anjos."

- Ameeem?

- Amém! Ouviu-se do coro afinado e bem ensaiado dos presentes, porém, antes de findar os versículos, muito timidamente,

---

[4] Lucas – 9:23-26

algumas pessoas foram se aproximando como se arrastadas para a frente do altar, o que para o Pastor era a constatação do milagre já ocorrido. Acreditava que, pela glória, salvara mais uma alma do inferno. Pensava enquanto olhava totalmente confiante, senhor de si e da situação, bem dentro dos olhos de Fred, soprando-lhe aos ouvidos:

– O Senhor é bondoso e fiel... e será sempre um agente de Deus, prometa!

- Sim! Prometo. Foram as duas únicas palavras ditas por Fred.

Após o culto, antes que cada um saísse de seu lugar, o pastor fez questão de sair na frente e cumprimentar a todos na saída do culto, e de si à frente da paróquia, o que foi feito com festa, abraços, beijos, e mensagens edificadoras que levava à todos a se sentir especiais aos olhos de Deus.

Em meio à despedida, sentiu-se especialmente feliz ao notar a presença de Fred, que lhe estendia a mão. Sem pensar, impulsivamente, puxou o jovem pela mão, cobrindo-o com um forte abraço, enquanto dizia:

- Nas últimas duas noites orei por ti, e saiba que Deus tem grandes projetos para você meu jovem! Deus te abençoe, amém!

Amém! Disse Fred, desacostumado e um tanto desconcertado com tais palavras e com a naturalidade do gesto, que o levou instantaneamente a lembrar-se de seu pai... Sempre distante, quase sem afeto, contato ou conversas...

Leandro

A família a que Frederico pertencia era de origem italiana. O pai, um homem enorme com mais de dois metros de altura e com impressionantes ombros largos, chegava mesmo a parecer, por muitas vezes, que era mais largo, que alto.

Certa vez, Frederico ainda criança, ouviu dizerem: - Um homem extremamente calmo esse senhor Leandro!

Calmo sim, covarde não! Dizia o homenzarrão a quem pudesse ou quisesse ouvir, porém, sua calma aparente escondia traços de uma personalidade introvertida, distante em seus relacionamentos e sempre que possível, calado, disfarçando muito bem seu modo frio e calculista. Acreditava no ditado, que usava como um tipo de princípio para sua vida "boca fechada não entra mosca".

Uma família que, se vista de fora, era perfeita. Frederico, o irmão mais novo, foi logo sendo apelidado de Fred, o que mais parecia seu verdadeiro nome, devido ao hábito e ao tempo de tratamento. Aonde ia era apresentado como Fred e não pelo verdadeiro nome: Frederico, e isso desgostava o calmo senhor Leandro, que encarava e aceitava aquilo como capricho de sua calada, submissa e pequena mulher, pessoa a quem amava e dedicava seus dias.

Naquele relacionamento, apesar de tudo o que, aparentemente parecia ir contra si no relacionamento com o gigante Leandro, sua convivência de muitos anos e as habilidades de mulher, havia aprendido a utilizar tais conhecimento; sabendo muito bem como manter o enorme gigante calmo, como se no mundo nada houvesse que o aborrecesse.

Antes de Frederico, o casal tivera mais quatro filhos, sendo duas mulheres e dois homens. Por ordem de idade, a mais velha foi batizada como Lúcia, depois Everton, Bernard e Norma. A raspa do tacho, como se dizia; era Frederico. Menino bonito, com cabelos muito pretos e sedosos. Havia puxado ao pai, e por isso, ainda muito pequeno se destacava fisicamente das demais crianças de sua idade, parecendo um pequeno Hércules no meio de pequenos mortais e raquíticos humanos.

O senhor Leandro sempre cultivara hábitos simples de trabalhador forte e bem apessoado, conseguindo com isso, habilitar-se como exímio motorista de caminhões, ônibus e demais automóveis. Essa habilidade desenvolvida e aperfeiçoada tornou-se seu principal meio de vida. Trabalhava como motorista, ocupação que o permitia dar educação, alimentação aos filhos, além de, aos poucos ir construindo sua casa e até comprar um carro. Um Jipe Wyllis 1951, o que o destacava dos demais vizinhos, fazendo com que entrasse para o seleto grupo dos que, na época, possuíam um carro.

Aquela família levava uma boa vida. Religiosos, unidos pela força do pai e o amor da mãe, que supria com bom senso e sensibilidade a frieza e estupidez natural daquele enorme homem, que aparentemente e no trato diário mais parecia uma montanha de gelo Tal impressão era causada pelo seu tamanho intimidante, e por sua aparente calma e forma de falar pausadamente, como se jamais se alterasse, como se sua qualidade principal fosse a meditação, aparentando a quem não o conhecesse, ser desprovido de vontade e força física. Na verdade, quase ninguém sabia que a aparente calma era de fachada, encobria um vulcão em atividade sempre prestes a explodir. Por sorte, o fator que evitava esse acidente sem precedentes, em qualquer lugar ou situação em que se encontrasse, era sua pequena, frágil, submissa e aparentemente calada mulher, que mantinha sobre ele uma enorme influência, acalmando e mostrando a ele os melhores caminhos a seguir. Era seu porto seguro na vida, seu freio, sua luz, em virtude disso, Leandro a escutava como criança que ouve a mãe, e seguia suas palavras como um cego que confia plenamente em seu guia, e isso, evitava muitos problemas em sua vida.

A vida de Maria Feliche era muito boa, de acordo com seus padrões de felicidade, que incluíam basicamente uma casa, marido, filhos e religião – A essência de sua vida. Tinha cinco filhos, todos fortes e com boa saúde; tinha um bom marido a quem amava e que a amava, trabalhador, esforçado, que provinha boa alimentação, roupas, dinheiro suficiente para as contas domésticas, enfim, não deixando que lhe faltasse nada, e ainda muito carinhoso em seus momentos de intimidade.

- O que mais poderia esperar dessa vida, uma mulher feito ela? Perguntava olhando sua imagem no espelho, sentindo-se sempre pequena e feia; abençoada por ter conseguido se casar com um homenzarrão alto, forte e bonito. Acreditava que fora abençoada e que não merecia a vida que tinha.

Nessa época, os dois filhos mais velhos do casal já trabalhavam e Fred estava com nove para dez anos, tinha uma voz estridente, que ia do mais grave ao extremo agudo enquanto dizia uma mesma palavra, indicando que estava entrando na puberdade.

Maria tinha uma família aparentemente feliz e muito respeitada na igreja, único lugar público em que se poderia encontrá-la, fora isso, somente dentro de sua casa, sempre perdida em seus afazeres domésticos. A limpeza da casa, lavar roupas, preparar o alimento e todos os serviços domésticos sempre lhe causavam muito prazer. Era a sensação de dever cumprido, de estar ajudando Leandro de alguma forma e principalmente, de poder acompanhar o crescimento, desenvolvimento e fases da vida de seus filhos.

Além de caseira, a descrição era seguramente sua maior qualidade, passando às vezes, por despercebida nas poucas vezes que saia na rua. Essa maneira discreta de ser a poupava de muitos aborrecimentos, mas também a faria sofrer muito no futuro, já que havia restringido seu mundo praticamente aos pequenos espaços de sua casa.

Sua vida era a casa, o marido, os filhos e a igreja nos finais de semana. Fora isso, a companhia do rádio e posteriormente da televisão, eram os veículos qua a mantinha em contato com o mundo fora das paredes de sua casa, que talvez pela timidez ou desnecessidade de convivência não a atraia. Sentia verdadeiro medo de se envolver com quem quer que seja, talvez por sua timidez excessiva, ou ainda pelos relacionamentos a que seria obrigada a se submeter.

Nesse aspecto Leandro era totalmente paternalista e superprotetor, evitando qualquer esforço ou contato a que sua mulher necessitasse fazer com o mundo externo, o que proporcionava a Maria viver num tipo de enclausuramento, em seu mundo reduzido, vivendo de acordo com sua vontade e desejo.

Vivia como vivia por livre opção. Na verdade, tudo viera de muito tempo atrás, de quando era criança e sonhava o tempo todo com um pedaço de paraíso, de felicidade e perfeição para si. A vida que levava atualmente era a cópia da felicidade sonhada quando criança, assemelhando-se em aspectos, talvez não em cores ou luxo, mas em geral não era muito diferente da sonhada na infância, a vida que levava agora. Por tudo isso, acreditava e se apegava a sua fé e crença em Deus, implorando diariamente que nada de mal acontecesse a si e a sua família! Tinha plena consciência que vivia uma bela vida, a vida escolhida por si, e que por sua vontade própria, havia coberto seu mundo com telhas de vidro, tornando-o ao mesmo tempo belo e frágil.

- Sua fragilidade... Era isso que mais a incomodava. Dizia respeito a si, que não tivera, quando mais jovem, a coragem de se expor aos perigos naturais da vida e do mundo, e isso fazia se sentir ao mesmo tempo imune, e em contrapartida baixava a zero suas resistências contra os malefícios naturais e tão comuns à vida.

O que levava Maria Feliche a pensar nesses medos, aparentemente absurdos, já que tudo ia bem em sua vida, é o que se costuma chamar de sexto sentido, ou pressentimento, que em seu caso era muito forte. Aflorava de sua alma com a intensidade da certeza absoluta.

Há muito que pressentia uma mudança em sua vida, só não sabia ao certo o que poderia ser, acontecer, nem quando ou quantas telhas seriam quebradas do seu teto de vidro...

O pressentimento conforme a vida, aos poucos ia amadurecendo enquanto passava o tempo, que parecia ir chegando ao fim, não da vida, mas, de um ciclo. Por longos períodos chegava a esquecê-lo, mas, assim como as contrações do parto aumentam, diminuindo o intervalo de uma para outra contração, no caso de Maria Feliche, os intervalos se tornavam bem maiores, porém com maior intensidade.

O tempo foi condescendente com ela, mas, não se esquecera do destino, a quem rendia homenagem e tratava com respeito. Sabia que o momento de mudança estava prestes a acontecer, pois recebia avisos como as contrações de um parto, periodicamente. Em certo aspecto, seus pressentimentos tinham a mesma mecânica de funcionamento das contrações, atualmente diminuindo o intervalo entre a lembrança e o esquecimento, que cada vez mais a perturbavam.

Preocupada principalmente com o gênio do marido, que somente ela conhecia realmente, certa noite expôs seus temores, enumerando às vezes em que, anteriormente havia pressentido algo, e a totalidade de certezas, toda vez que um pressentimento lhe invadia a mente, sem esconder as consequências, quase sempre desastrosas e cruéis em sua vida.

Leandro sempre fora cético a respeito de previsões e coisas desse gênero, acreditava no momento e ação do homem por força de seus braços, por isso ria da mulher e depois, tentava convencê-la de que nada de ruim lhes aconteceria. Didaticamente demostrava, como quem conta uma história encantada, o quanto estava sendo abençoados, tentando assim demovê-la de seus pensamentos, no mínimo insanos, de acordo com ele.

Apesar de cético, inicialmente Leandro ria da situação, para em seguida sentir um arrepio percorrer sua espinha dorsal, quando Maria confessara seus temores, o que considerou coisa normal, associando o arrepio a emoções, comuns no ser humano, ainda assim, sem deixar transparecer, decidiu orar em silêncio até não pensar mais naquilo.

Santo Amaro

Nossa história acontece no início da década de setenta em São Paulo, quando bairro de Santo Amaro era ainda bastante desabitado, se comparado os dias de hoje. Os bairros se obrigavam a crescerem no mesmo ritmo que a cidade, devido a uma explosão da necessidade de habitação e moradia para nova classe de operários criada com o início da industrialização. A população em sua maioria era formada principalmente de migrantes, vindos de todo o país com a esperança de encontrar melhores condições de vida ou sua mina de ouro. Infelizmente a grande maioria sofria grande desilusão, enquanto somente para uns poucos a mudança dava bons resultados, e em muitos casos, homens simples e semianalfabetos conseguiram com sua esperteza e visão de negócio, enriquecer.

A grande maioria dos migrantes vivia as margens da cidade, nas periferias, e quanto mais crescia a metrópole, mais iam se afastando ou sendo afastados do centro.

O crescimento obrigatório e desordenado, sem fiscalização ou planejamento, fez com que alguns barracos feitos de madeira, ou casebres de pau-a-pique, feitos como os da roça, fossem se juntando cada vez mais em terrenos baldios da prefeitura, originando as favelas, onde a escória da sociedade vivia, ou sobrevivia?

Antigamente a grande maioria dos moradores da favela não tinham reais possibilidades de viver em outro lugar e obviamente, os que não queriam ou não podiam pagar aluguel.

Os imóveis próprios em sua maioria eram comprados em forma de lotes de cerca de cento e cinquenta à duzentos e cinquenta metros quadrados. Eram vendidos e documentados com contratos simples, um compromisso de compra e venda, na maioria das vezes registrada em cartório, ou com o simples reconhecimento das assinaturas. Em sua grande maioria, os loteamentos eram locais que não possuíam nenhum tipo de infraestrutura. Por isso a água vinha de poços, que eram cavados pelos famosos poceiros; homens que, de acordo com a cultura popular, eram dotados de muita sabedoria...

Alguns chegavam a indicar o melhor local para escavação do poço e até os metros necessários para se chegar ao veio da água, fechando o preço da perfuração no escuro. Essas figuras lendárias eram muito respeitadas na sociedade local, alguns com maior fama, eram pagos para somente indicar o melhor local da perfuração. Agiam como feiticeiros indígenas. Jogavam uma folha de jornal acesa dentro dos poços mais profundos, se apagasse: havia gás no poço, então não se podia descer! Então começavam a descer galhos de eucalipto amarrados em corda, depois; outra folha de jornal acesa. Se permanecesse acesa até o fim do poço, podia descer!

Em meio aos problemas do precoce crescimento da cidade, o principal problema, ao contrário do que se deve imaginar, não era a falta de saneamento básico, mas o calçamento das ruas, que ficavam constantemente intransitáveis devido às chuvas. Até mesmo a pé era difícil se fazer o trajeto! Um verdadeiro oásis para os praticantes de enduro as ruas que hoje, seriam um paraíso de "jipeiros".

O gás de cozinha era entregue por homens com suas botas de borracha até o meio das pernas em caminhão com os pneus acorrentados para não ficar preso em atoleiros de lama. E quando atolavam em verdadeiras crateras de lama, comumente os moradores se juntavam e ajudavam a por pedras, areia, madeira e o diabo a quatro para salvar o gigante caminhão de gás de ficar atolado.

Sem aviso prévio, peruas Kombi passavam pelas ruas distribuindo as famosas "gotinhas" de vacina. A notícia se espalhava como o rastro de pólvora, e logo, um monte de crianças descalças, amassando o barro com os pés, saia correndo atrás da Kombi, se divertindo enquanto corriam no meio da lama, onde muitas vezes cortavam o pé em cacos de vidro trazido pela enxurrada.

A vila em Santo Amaro onde o senhor Leandro morava não fugia a regra, não possuía recolhimento de lixo, água encanada, esgoto ou calçamento, mas, possuía postes de energia elétrica, um grande avanço para o conforto dos moradores.

Em alguns casos, as fossas sépticas eram feitas na frente do quintal da casa, com um cano "ladrão" direcionado para a rua, com o principal objetivo de avisar quando enchesse. Assim o dono da casa saberia quando tomar as devidas providências.

A casa do senhor Leandro era no "pé do morro" não muito íngreme, mas que também sofria com as chuvas, que perfuravam enormes buracos na rua, tornando-a intransitável e no seu caso, como estava abaixo de todos, era dos moradores, dos que mais sofriam com as consequências da chuva. Um fato curioso era a construção das casas, feita por pedreiro-mestre-engenheiro, que em sua maioria, fazia construção acompanhando o nível da rua.

O que se percebia com o passar do tempo, é que: na hora do calçamento ou asfaltamento, muitas delas ficavam bem abaixo do nível da rua, ou muito acima, dependendo de como a máquina responsável por plainar a rua passava. Então o nível original da rua era totalmente modificado para o desespero dos moradores, que olhavam seus imóveis ficarem totalmente desnivelados em relação à rua, sem poder fazer nada, há não ser assistir resignados...

Fora o problema do desnivelamento, os moradores se enchiam de esperança quando o trator aparecia no bairro e começava a entupir as valas e acertar a rua. Inocentemente iam acreditando ser o tão desejado calçamento, ou asfaltamento. Muitas vezes o sonho de ver o fim dos buracos e do barro das ruas acabado levava o tempo de uma vida, quarenta, cinquenta anos!

Fred e seus irmãos imitavam a maioria da população de moleques do bairro. Ficavam o dia inteiro olhando a enorme máquina passando na rua para cima e para baixo, nivelando a rua, entupindo os buracos e desnivelando as casas...

A vida para aqueles meninos não pedia mais nada, há não ser aquele enorme trator acertando os desníveis da rua, fechando os seus buracos.

Enquanto o trator gerava na cabeça dos moradores o sonho de finalmente acabar a lama na época de chuva, para os meninos, o que mais era motivo de sonho, era a descida de carrinho de rolimã...

A festa começava com a chegada do enorme trator, que subia e descia a rua por inúmeras vezes levando e trazendo terra.

As crianças corriam de um lado para o outro pulando feito cabrito e rindo muito. No término de um dia de trabalho, a frustração de mais uma vez não ter sido calçada a rua...

Logo viria a primeira chuva e o processo natural de esburacar provocado pela água recomeçaria, e quando não vinha a chuva, o pó de estrada de terra batida do interior invadia o bairro, levando as mulheres à loucura vendo seu trabalho doméstico se multiplicando; a roupa e a casa se enchendo de pó, sem ter como impedir.

Havia ainda um último inconveniente após a passagem do trator, no tempo da seca, a água dos encanamentos dos tanques e torneiras que eram jogadas na rua...

Naturalmente a água seguia o caminho mais fácil, o que em muitos casos a levava para dentro de terrenos alheios, que depois de tantos nivelamentos, ficavam abaixo do nível da rua, gerando em muitas vezes encrenca entre vizinhos. Nesse sentido, o pior que poderia acontecer seria a abertura de uma fossa séptica que, de um nível abaixo da rua, após as sucessivas passadas de máquina niveladora ficara acima do nível da rua, ou ainda arrancar um pedaço de sua tampa, isso sim era um pesadelo repleto de imundície e fedor. E quando acontecia de, além de abrir a fossa séptica, os dejetos ficarem descendo rua abaixo... Ai realmente incomodava os vizinhos de uma maneira geral até que o morador vitima da máquina se tornava um tipo de réu condenado em primeira instância por todos.

Na última vez que o trator havia passado, quase se repetiu a historia dos dejetos a céu aberto, quase; porque rebaixou muito o nível da rua, mas não destruiu a fossa do Sr. Edmundo, vizinho do Sr. Leandro; apenas afinou o que poderia ser considerada a parede natural de sua fossa séptica, que ainda demorou uma semana para que desbarrancasse e deixasse à mostra todo o indesejável monte de excrementos e o fedor horrível, sem contar o perigo eminente de morte dos desavisados, por afogamento noturno, na fossa...

Aparentemente o Edmundo parecia não enxergar isso, e nem pretender tomar alguma providência a respeito. O que de fato ocorreria, e isso se sabe com exatidão, é que um bate-papo se transformou em bate-boca entre vizinhos, e terminou em tragédia.

A parede da fossa havia ruído na terça, infelizmente, deixando os excrementos e a água que os acompanhava a vista. Logo começaram a descer a rua procurando o caminho mais fácil. Desceram uns vinte metros, onde o caminho mais fácil fez com que atravessassem a rua e começassem a entrar no quintal mais baixo que o nível da rua, que por infelicidade era o quintal do senhor Leandro.

No frescor de uma noite de verão, após exaustivo dia de trabalho, Leandro chegava a casa. Para completar o bem estar, ainda ao longe sua rua perfeita. Aquilo em particular o deixou feliz, sentiu-se assim como os outros moradores, sonhando com o fim do barro e dos buracos, enfim, o fim da lama naquela rua, que passaria do marrom terra para o cinza do paralepípedo, ou preto do asfalto...

Sua alegria durou por ainda alguns minutos, tempo de chegar próximo ao seu portão. Foi roubada no instante em que chegou a frente a entrada de seu quintal, que se transformara num chiqueiro fedido.

Estacou frente àquela imagem desoladora. Parado em frente aquele monte de merda, imediatamente olhou para cima acompanhando o esgoto até que identificou o foco do problema, que nem estava longe. Metodicamente pensou: primeiro resolver a parte mais urgente do problema, porém não parava de pensar à respeito.

Entrou em casa com a cabeça em outro mundo. Estava como se altista, em suspenso a realidade, surdo e mudo, meditando sobre o problema e suas consequências... Primeiro falar com o senhor Edmundo, afinal toda aquela merda vinha de sua casa, seria obrigado a isso, para depois tomar suas providências!

Vendo-o naquele estado e pressentindo o pior, sua mulher tentou demovê-lo de sua ideia inicial - Você já viu, olha, deixa pra lá... É até bom, que as crianças não saiam de casa... Deixa? Você cuida disso no fim de semana! Disse por fim em sua tentativa final.

Com ouvidos moucos e olhos vendados, da mesma forma que entrara pela porta, saira.

No meio de suas ferramentas, pegou uma enxada e tapou a entrada dos dejetos ao seu quintal e foi para frente da casa do senhor Edmundo, para dali tomar as próximas decisões. Chamou pelo vizinho por várias vezes, que não o atendeu, levando-o a Imaginar não ter ninguém em casa. A partir daí, decidiu-se a começar o trabalho da forma que julgava ser o correto.

Iniciou a abertura de uma valeta em frente a casa do vizinho. A terra solta facilitava o trabalho, poupando suas forças, que rasgava o solo com facilidade, fazendo em pouco tempo o que poderia ser considerado uma valeta por onde passava o esgoto a céu aberto. Faltando menos de cinco metros para findar a obra, chegou Edmundo, meio alcoolizado pelo consumo e mistura de alguns aperitivos, e o efeito que a bebida causara, não havia sido dos melhores, deixando-o, como acontece com algumas pessoas, irritado com tudo e todos.

Ao contrário do que deveria ocorrer, ou seja, sentir-se agradecido, sendo amável e educado com o vizinho pelo serviço prestado à ele, tornou-se ranzinza e irritadiço, e aos berros disse - O que é que esta fazendo ai, não esta vendo que a máquina arrumou a rua? Mal arrumou e já ta destruindo né seu mané!

Dedicado que estava ao serviço, Leandro que não gostava de bebidas, tomou um susto ao se deparar com o vizinho aos gritos, bêbado e com o dedo em riste sobre seu nariz.

De susto inicial, assumiu sua posição de iceberg, o que parecia caracterizar sua infindável calma. Parecendo desprovido de emoções, olhou para o vizinho fixamente, como se não houvesse em seu ser vontade própria, falando pausadamente, quase explodindo por dentro, onde o vulcão existente ameaçava entrar em erupção, e aparentemente mantinha-se calmo.

Para um homem bêbado como estava seu vizinho, naquele estado, Leandro era um frouxo, um covarde? Quem poderia saber o que se passou por sua cabeça, ao pensar de forma ingênua que aquela montanha de homem fosse um covarde?

Ao ouvir o pior insulto que poderia aguentar, murmurou - Calmo sim; covarde não!

Enquanto tentava absorver e raciocinar a respeito de toda aquela situação, o gigante Leandro, enquanto olhava para o homem a sua frente, que mais parecia um peru bêbado em véspera de natal, só lhe vinha À mente as palavras "calmo sim, covarde não" em meio às lembranças de seu pai. Então, pausadamente, como lhe ensinara Maria Feliche, tentava dialogar com o vizinho, que devido ao efeito do álcool, sentia-se momentaneamente acima de tudo e de todos.

O pressentimento de Maria Feliche

Enquanto adiantava o jantar, Maria Feliche sentia o sentimento crescendo dentro de si, não como anteriormente, agora o maldito sentimento ia lhe envolvendo a vida, por fim, apertando o coração como se quisesse esmaga-lo. Era o mau pressentimento de tanto tempo que vinha a tona, e agora com tanta força, que se tornou certeza de que algo muito ruim começava a acontecer.

- Quem consegue parar a roda da vida? Perguntava-se ao mesmo tempo em que se conscientizava de que algo em sua vida iria mudar imediatamente. Foi até a sala, olhou os cinco filhos ali sentados em frente do televisor. A imagem dos filhos a fez estremecer enquanto uma maldita lágrima involuntária rolava de seu olho, como se certificando de que o inevitável estava a caminho. Em meio a tanta certeza, talvez devido a sua opção de viver isolada o máximo possível, em nenhum momento pensou em ir atrás do marido, não movera uma palha para contrariar a natureza e o destino.

Friamente, se controlando ao máximo, Leandro tentava incutir um pouco de juízo na cabeça daquele homem a sua frente. Tentava a sua maneira, sem falar muito, lhe dizer que fosse embora, que fosse para casa, pois não estava em condições de ficar em pé, quanto mais de peitá-lo?

Olhava para o vizinho em estado alcoólico analisando sua improvável condição de enfrentá-lo são, sem bebida, quanto mais bêbado como estava!

Insistentemente, com certa educação, pedia que o vizinho se fosse.

– Vá embora senhor Edmundo, que o senhor não está bem, além do que, só quero arrumar a valeta para parar de entrar em casa! Contudo, o vizinho não o deixava, insistente, falava sem parar coisas imaginadas, situações imaginadas e sobretudo, insistia em que Leandro estava desfazendo o serviço feito pela máquina. E o que era encarado com tolerância durante algum tempo, agora começava a passar dos limites, quebrando a aparente calma notada constantemente em Leandro. Era o vulcão dando sinais de vida, a começar pelas palavras.

- Será que a bebida não deixa o senhor enxergar a merda de sua fossa jogando sujeira no meu quintal? Leandro foi falando pausadamente, aparentando ainda a calma, contudo já quase explodindo.

Pensara a todo o momento em parar, ir para casa, deixar o vizinho bêbado ali, falando sozinho, e quando o encontrasse de cara limpa, ai sim... Falaria tudo o que precisava ouvir. Enquanto pensava à respeito, o tempo todo imaginava o pai lhe dizendo "Calmo sim, covarde não!"

Edmundo em sua condição de alcoolizado subestimou Leandro. Um erro de julgamento, arriscando mal, certamente devido ao excesso de álcool no cérebro, descontente com o resultado, olhava para Leandro como que olha para um rato, soberbo, senhor de si, agora insultava o gigante a sua frente com palavras chulas.

Aos poucos, Leandro fora enrubescendo, vermelho, muito vermelho, agora olhava para Edmundo com os olhos pálidos e frios, absolutamente parados, sem vida alguma aparente. Para alguém em sã consciência aqueles sinais indicariam cuidado! Porém, para Edmundo, que enxergava toda situação de um prisma totalmente diferente, parecia ato de covardia. "Calmo sim; covarde não!".

O vulcão entra em erupção sem mandar aviso, não há como prever o momento exato, assim foi com Leandro, sem raciocinar, por puro impulso.

Mais rápido que o pensamento, e com agilidade improvável, Edmundo desferiu o que poderia ser considerado como um soco no rosto de Leandro, ainda dizendo impropérios, que na posição em que se encontrava permaneceu, como se nada houvesse ocorrido, porém, impondo uma ultima condição a si mesmo: Seria a ultima vez! E nada mais fez que dizer ao vizinho que aquelas palavras, aquele gesto, seriam sua última tentativa de apazigua-lo.

- Você não esta em condição de brigar com ninguém, além do que, nem aguenta uma pancada; por isso, é melhor ir embora para sua casa. Vá embora senão posso me descontrolar, e posso machucá-lo...

Ainda sem a menor noção do perigo, ou de seu estado, Edmundo enfiou a mão na bolsa que levava a tiracolo, puxou um revolver e antes que pudesse ao menos apontar para o aparentemente calmo Leandro, sentiu um barulho estranho envolver-lhe os pensamentos, um barulho como se algo houvesse se esborrachado.

Sem saber como, sentiu-se sendo empurrado com força para o chão, por uma força impressionante! Foram instantes em que recobrou a consciência, percebeu seus pertences caindo das mãos e lentamente perdia totalmente o controle sobre o corpo, os movimentos, tudo invadido por uma lesera boa, uma preguiça de respirar, mexer, pensar... Sentia um frio bom lhe invadindo o corpo, vinha desde os dedos até o pensamento, teve vontade de tomar mais uma para esquentar, enquanto ouvia alguns barulhos ao longe, muito longe, pareciam pancadas num pedaço de toco podre! Um barulho estranho e reconfortante! Tudo começou a ficar muito bom, sonhava... Todas as boas lembranças, seus familiares, as bagunças, tudo lhe vinha a mente.

Quando o sonho começava a se distanciar, o frio parecia estar aumentando, e de bom, de arrepio confortável, começava a se tornar incomodo, não chegando a ser totalmente ruim.

Como num filme bom e alegre, recordava sua meninice, suas bagunças, o falecimento dos pais, amigos... Todos parecia agora estarem vivos a sua frente, olhando para ele, falando uma língua estranha que jamais ouvira, mas que, entendia plenamente!

- Que sonho bom, pena que a cabeça começava a pesar muito, obrigando-o a ir cada vez mais para baixo e os olhos fossem obrigados a se fechar... Pensava enquanto aos poucos foi esquecendo tudo e entrando no sono profundo, o sono da morte!

A prisão de Leandro

Em sua concepção, Leandro acreditava que ser homem era algo maior que simplesmente um macho reprodutor, em virtude disso, não se escondeu dos vizinhos, não negou o que havia feito e muito menos passou por sua cabeça a hipótese de fugir.

Após consumar o ato, foi para sua casa, entrou em casa naturalmente, chamou a esposa e descreveu os acontecimentos de forma sucinta, sem maiores detalhes, então se levantou, tomou um banho para retirar os odores do corpo e foi para a mesa de jantar, chamando a todos os filhos e a mulher. De onde estava, na cabeceira da mesa, olhava para todos com os mesmos olhos de sempre, com a mesma calma de sempre. Ao contrário de outras vezes, falou muito, distribuiu responsabilidades, conselhos e explicações que julgava necessários para melhor orientação à maneira pela qual deveriam agir seus filhos e esposa durante sua ausência em suas vidas. Por fim, como se previamente combinado, pediu que não estranhassem as maneiras dos policiais quando chegassem, pois era a maneira deles trabalharem e cumprir suas obrigações, dizendo que nada se podia fazer a respeito disso, quando ouviram fortes batidas na porta...

Mal houve tempo para se levantarem, a porta foi aberta, escancarada num supetão que assustou a todos, menos a Leandro. Com armas em punho, os soldados olharam duplamente desconcertados para aquelas pessoas, ali sentadas, primeiro por sua aparente calma e inesperada interrupção do jantar, que acontecia entre crianças e uma mulher muito pequena; depois, mais deslocados ainda ficaram ao perceber o tamanho daquele homem sentado à mesa e sua aparente calma e educação ao lhes dirigir a palavra sem rodeios.

– Só um instante senhores policiais. Meus filhos; estou indo! Façam o que pedi a vocês e cuidem bem de sua mãe, foram suas últimas palavras à mesa.

Sem medo ou vergonha dos homens À sua frente, selou os lábios de Maria Feliche com um beijo de despedida. Aturdidos com os fatos anormais, os policiais guardaram as armas e andaram ao lado do gigante, parecendo mais seus filhos com fantasia de policiais, que representantes da lei. Leandro ficou recluso por vinte anos.

Frederico

Com a prisão de Leandro, os primeiros dias foram de certa suspensão, como se não tivesse realmente ocorrido aquela tragédia. Inicialmente a pressão psicológica foi sentida somente por Maria Feliche, e o mundo reduzido a que se propusera, era agora um sonho distante, quebrado pela realidade imediata aliada ao destino certeiro e caprichoso. Tudo era muito maior do que realmente esperava ou imaginava acontecer; o maior problema, no entanto, foi o lado prático da vida que lhe obrigava às novas rotinas, novas batalhas devido a nova realidade.

Da maneira que tudo aconteceu, não houvera tempo para se preparar financeiramente, e agora Maria teria que trabalhar fora para manter sua família. Assumiria o duplo papel de pai e mãe, seria a provedora e a responsável pela educação e andamento interno de sua casa. Para isso, o único caminho encontrado, pois o imediatismo era inerente à nova condição, foi o de trabalhar como diarista em casa de família, escritórios ou no que surgisse.

Apesar dos tristes acontecimentos, Maria Feliche mantinha-se como se nada alterasse sua vida; os mesmos modos discretos, de forma que, mesmo na vila onde morava, pouquíssimas pessoas sabiam de sua vida, ocupação, ou como se virava para manter as contas em dia, e na maior parte dos moradores, até quem era.

Pensou muito na melhor forma de sobreviver com maior dignidade possível àquela situação, a resposta foi de forma indesejada, contudo, bastante viável.

Seu maior problema, o financeiro, então, para reforçar o orçamento familiar, transformou sua casa num cortiço, fechando portas internas para abrir portas de saída. Com isso, conseguiu alugar três quartos, o que lhe ajudou muito nessa época.

O tempo passou rapidamente, as crianças logo se tornaram adolescentes e continuavam a se portar, admiravelmente muito bem. Todos estudavam, os dois mais velhos trabalhavam e estavam de namoro firme.

Insistia em dizer que em seu coração não havia preferências, mas, Fred era o orgulho da mãe. Ainda jovem demais para trabalhar, estava bem entrosado com amigos frequentadores assíduos da igreja, o que deixava o coração de Maria leve, mais leve ainda se tornava quando Fred se punha a fazer citações de versículos decorados em sua integralidade em casa, quase sempre advertindo os irmãos quanto à ira de Deus sobre os iníquos...

Num tipo de incompreensão ou ignorância, Maria Feliche se enchia de felicidade, chegando a sorrir, não percebendo que o filho se prendera somente ao antigo testamento, e que de sua boca saia apenas palavras rancorosas, de pura ira, que talvez comtemplassem seu estado psicológico atual, desejoso de vingança contra as injustiças cometidas pelo destino, que não escolhia a quem, mas sempre prejudicava a muitos.

Nestes momentos Maria sorria, o que raramente fazia ultimamente, invariavelmente, nesses momentos jamais se esquecia de agradecer por aquela benção.

Com quatorze anos Fred se matriculou no período noturno da escola mais próxima, e ali um mundo novo lhe foi apresentado. Convivia com alunos que em sua maioria trabalhavam, estes formavam agora a maior parte dos colegas, alguns se tornaram amigos, e no todo, a maior parte de seu universo de relacionamentos. Foi ali também que conheceu a música curtida, ouvida e dançada pelos jovens, sua influencia foi tão forte, que inicialmente o levou a balançar entre continuar no caminho estreito ou renunciar.

Com o passar do tempo e o uso da razão, finalmente conseguiu conciliar as duas coisas. Mesmo balançando entre a lei férrea de Deus que lhe era pregada; a lei era clara e impunha aos não seguidores castigos terríveis, de acordo com seu entendimento.

Nesses momentos, quando estava balançado entre as coisas sagradas e as coisas mundanas, se lembrava de uma passagem decorada que repetia mentalmente *"[5]Portanto, Eu vos julgarei, a cada um segundo seus caminhos, ó casa de Israel, diz o Senhor Deus. Convertei-vos e desviai-vos de todas as vossas transgressões; e a iniquidade não vos servirá de tropeço."*

Em seu entendimento não havia outra forma, interpretava o versículo da maneira mais dura, incriminando-se e às pessoas com quem convivia a todo instante. Pensava no caminho como sua vida,

---

[5] Ezequiel: 18:30

julgava-se como fosse a casa de Israel e desejava ser um homem santo, puro...

As iniquidades e os pecados, mesmo os mais simples o aborreciam, contrariavam, chegando a jurar atos de justiça santificados pelos quais salvaria muitas almas para o Senhor, e se acaso não conseguisse, o inimigo não os levaria! Era uma promessa feita a si mesmo – Ah, isso é que não permitirei, para isso estou a serviço nesta terra, para libertar...

Tinha ainda quatorze anos, frequentava a mesma escola, quando conheceu Neném. Uma linda moça com cabelos longos e dourados, rosto redonda e dois anos mais velha. O que a tornava especialmente mais interessante e atraente a Fred eram seus olhos de cor azulada, o que lembrava o céu e sua pureza.

Ainda assim a julgava como sendo a mais impura das mortais, contudo lhe era impossível ignora-la, ao contrário, aos poucos ia ignorando o que acreditava em prol de Neném, sempre merecedora de toda sua simpatia.

Em casa, Neném era chamada pelo nome de batismo. Elaine! Gritava sua mãe emendando ao nome uma bronca ou ordem expressa.

Após alguns meses de muita luta interna, que quase levou Fred à loucura, começava um romance infantil entre "a impura", como a chamava em pensamentos, e Fred "o Santo".

O romance inocente e infantil do início, que nada tinha para dar certo, durou alguns anos, terminando abruptamente com a morte misteriosa de Neném.

Aquela noite em especial estava muito quente, era fim de fevereiro, no auge de um verão jamais visto. Os corpos dos estudantes suavam sob as luzes e o abafamento da classe de aula, alguns pernilongos insistentes e com mira perfeita completavam a cena de verdadeiro inferno dentro da sala de aula, enquanto lá fora a lua, vista pela vidraça acalmava a todos; brilhando insistente iluminava o mundo.

O pensamento da grande maioria era sobre as possibilidades daquela noite, perfeita para sair, se divertir, enfim, ficar acordado.

Após as aulas, como se vivesse a centenas de anos atrás, Fred fez companhia a Neném até sua casa, como se cortejasse. Acreditava estar acompanhando a moça por cavalheirismo e não por não falta de companhia, pois muitos colegas de classe moravam próximo dela. Era sua maneira de expressar, o que para si, era um namoro.

Talvez devido à lua, ao calor, à noite, ou a tudo isso junto, como forma de agradecimento pela gentileza de levar a donzela até sua residência, recebeu um beijo estralado no rosto. Após o beijo, a paixão imediata... Simples ato que despertara em Fred as vontades inerentes ao amor.

No dia seguinte, agora totalmente hipnotizado pelo beijo da noite anterior, Fred se atirara mais, sem pensar, estava se oferecendo para acompanhar Neném, o que com o passar do tempo se tornou uma rotina, uma obrigação moral que escondia sob esse pretexto a profunda atração que sentia por aquela linda moça, muito mais atirada do que deveria, que sem paciência pela espera demasiada tomou a dianteira e lhe deu um selinho nos lábios!

Aquele beijo, ainda que superficial, plantou na alma de Fred a indecisão, confusão e dúvidas sobre sua existência, seu papel no mundo, e sobre o gostar, o amor em sua forma mais quente, pecaminosa e explosiva, o amor carnal.

Foi uma noite especialmente difícil em que se misturavam a incompreensão, ou aceitação do fato de ter sido beijado com sua religiosidade, e o pior de ter gostado, gostado muito! Seu corpo entrava em erupção, num tipo de luta desumana entre seus hormônios em alta, em plena puberdade, meio de uma adolescência nada fácil em que se dividia entre a vida mundana e a pureza, enfim; tudo servia para confundi-lo mais e mais...

No dia seguinte, após uma noite mal dormida, estava resolvido a conversar sobre o fato com alguém mais experiente, alguém da igreja. Não obteve êxito, pois era dia de semana e todos estavam muito ocupados com suas vidas.

Sem saída ou apoio, não havia outra solução, foi a aula normalmente, bancou o duro se corroendo por dentro. Inseguro sobre qual atitude tomar, não pode deixar de leva-la em casa como sempre fizera. Enquanto caminhava sentia a timidez e a insegurança tomarem conta de si, não sabia o que ou como falar, pensar, como agir, estava totalmente perdido.

Totalmente à vontade, Neném agia com muita naturalidade, entendia a situação e notara desde a primeira vez como seu namoradinho era infantil. Em frente sua casa, onde normalmente se despediam, novamente tomou a iniciativa. Fred desejava, mas não esperava uma tomada de decisão e foi tomado de assalto quando ela o agarrou e beijou de forma violenta, enquanto roçava seu corpo contra o dele, que pela primeira vez sentia seios e curvas bem feitas de mulher... A partir daquele momento, Fred já estava sob seu poder!

Um calor subiu as faces ao mesmo tempo em que o desejo incontrolável. Era agora escravo do desejo, cedia a tudo, comandado pela natureza viril do homem. Neném sentia toda virilidade incontrolada lhe roçando o corpo, barriga, seios, coxas, e boca... Excitava-se com seus pensamentos eróticos: Era a ninfa, desejando ser a primeira da primeira vez daquele menino virgem entregue aos seus cuidados de mulher...

Tudo ia acontecendo conforme planejara. Desejava os acontecimentos, porém fora surpreendida pelos olhos enigmáticos fixados sobre si, o que aumentava o seu desejo, pois esperava e contava com toda certeza do mundo com olhares de paixão e fora surpreendida pelo olhar indecifrável...

Enquanto sentia um turbilhão de coisas incontroláveis como desejo, pudor, religiosidade, castigo, pureza e fraqueza humana, Neném tomara conta de tudo, era a personagem principal, a estrela do show na cena principal tocando, acariciando, tornando-se desejada e plena.

Em momentos raros Fred tentava falar, porém, em questão de instantes, o que havia pensado sumia, perdia-se naquele turbilhão de sentimentos e sentires, além do que, ainda que realmente desejasse falar, sua boca era calada por uma língua voraz e molhada, que jamais parava, insaciável...

Com seus dezesseis anos, Neném era uma linda mulher, que aparentava um pouco mais devido ao corpo desenvolto. Jovem e muito desejável, na flor da idade, cheia de belas curvas e com o brilho incomparável da juventude estampada no rosto, emanava vida, o que deixava muitos homens com desejos secretos, inclusive alguns homens mais próximos da família, como era o caso de Josué, seu primo que tinha o dobro de sua idade, um belo automóvel e a cara mais simpática e pura do mundo, que, contudo, não enganava ninguém. Era um tipo manjado e velho conhecido de todos. Amigo da família ha anos; acompanhou todo o desenvolvimento de Neném, desde que era ainda uma menina até se transformar inesperadamente naquela bela e desejada mulher!

Decidido ao menos a tentar uma maior aproximação, foi com muita calma, paciência de pescador, que Josué esperava. Aguardava a oportunidade para tentar avançar o sinal sem perigo de acidentes e aproximar-se mais de Neném. Não poderia se apavorar em momento algum. Somente assim teria alguma chance de conseguir algo com a prima.

Como todo desejo tem aval do universo, a oportunidade apareceu. Foram a um parque de diversões sem a presença de parentes indesejáveis, namoradinhos e olhos indesejáveis onde finalmente Josué pode se insinuar, tocá-la disfarçadamente, e por fim, demonstrar quem era e o que realmente desejava com a prima.

Neném jamais fora santa e gostou da atitude do primo no parque de diversões e logo estava desculpando-se com a mãe, saindo para fazer trabalhos escolares na casa de amigas a quem jamais visitava. Ao contrário disso, ia ao encontro de Josué com seu carrão. Associado ao desejo juvenil de passear de carro era sempre pega de surpresa pelo primo, que usava todo seu charme, malícia e paciência para, aos poucos, encaminha-la para sua cama. O desejo já lhe subia a cabeça, pois fazia seis meses se passeavam, iam a lanchonetes, cinema e parques até que finalmente, num desses encontros, finalmente Neném aceitou o convite para ir ao seu apartamento.

Josué estava eufórico, praticamente sem conseguir se controlar com a inesperada resposta. Manteve o sangue frio e se controlou, fazendo tipo, de cara meio fechada, dizendo estar muito indisposto.

Neném se divertia com a situação, e imediatamente quis voltar para casa. Era a deixa esperada pelo primo.

- Não; faremos o seguinte: Compro uma pizza, um guaraná, e você fica um pouco comigo em casa; tenho certeza que logo melhoro e te deixo em casa.

A casa estava impecável, com guloseimas e bebidas na geladeira, meia luz, logo Josué ligou o som ambiente com músicas melosas propícias ao amor.

A sala levemente iluminada e escurecida por pesada cortina vermelha, estava levemente perfumada; cuidado que Josué toava sempre – Um verdadeiro matadouro.

O vídeo cassete como se aguardasse ser chamado para participar, esperava calado com duas fitas de filmes românticos ao lado de outra, tudo aparentemente casual, porém escolhido a dedo. O filme ao lado, era quente, com cenas picantes, o que levaria os amantes ao maior desejo. Tudo metodicamente disposto, ensaiado em todos os detalhes e falas, como se fosse atuar.

- Quer ver um filme enquanto espera a pizza? A pergunta sugestiva soava a desinteresse total, despreocupação ou qualquer intenção. Josué agia como se não estivesse a fim de filmes, amor, bebida, diversão; aparentemente era alguém que realmente desejava ficar um tempo sossegado, a procura de melhorar seu estado.

Com um simples aceno de cabeça, Neném confirmava sem saber que estava dentro da armadilha sensual do primo, a qual percebera, mas não notara tais detalhes.

- Qual desses quer ver? Perguntou sabendo antecipadamente qual era a melhor opção e que tentaria assistir, e respondeu:

- Olha esse aqui! Ainda não vi... Vamos ver esse!?!?

Novamente o menear de cabeça foi a resposta afirmativa. Rapidamente, Josué trouxe guardanapos de papel, belos copos, talheres e um vinho do porto com alto teor alcoólico que foi inocentemente oferecido e prontamente negado! Despretensiosamente abraçados, olhavam para o monitor acompanhando as cenas que iam acompanhando a história se tornando picante.

Sentados lado-a-lado Neném corava e ria, enquanto Josué olhava com naturalidade, aos poucos se aproximando mais, apertando, tocando sem querer e observando as reações da prima, pois não queria por tudo a perder.

No filme, a moça tirava a roupa para o galã, quando chegou a pizza. Josué amaldiçoou a pizzaria, a pizza, a Itália e o entregador. Calmamente pausou o filme e a chamou para comerem, afinal, os jovens adoram pizza.

Sem notar, Josué fora ajudado pela pausa, pois Neném estava com fome e ficando de mau humor com suas investidas, ainda que leves. Após comerem, aceitou um pouco do vinho, riu um pouco, demonstrando maior empatia, relaxou e voltaram a cena da mulher despida, que agora beijava as mãos do ator e com toda paciência do mundo, enquanto a abraçava e tentava de toda maneira convencê-la a não transarem.

Um pouquinho eufórica com a ação do vinho Neném ria, e o filme continuava a esquentar.

Na cena seguinte, a moça inconformada com sua situação, tapava a boca do galã com um dedo, enquanto pedia a ele para não dizer mais nada. Então, deitava-se ao seu, a quem amava mais que tudo no mundo, e que dignamente deixara claro o quanto amava sua mulher e não desejava traí-la, de forma que a amante, agora excitadíssima não sobrara muitas opções que não fosse tentar excita-lo e convencê-lo a finalizar o ato, o que conseguira somente após esforço sobre-humano, quando finalmente o Galã cedia e juntos explodiam de prazer por uns bons dez minutos...

Seguindo os acontecimentos do filme, porém, um pouco atrasados, observava-se Neném fechando os olhos enquanto recebia o beijo de Josué, que analisava o beijo, a forma do acontecimento, tentando adivinhar o momento exato...

Lentamente, Neném deixou escapar um cruzar de pernas sensuais, era o sinal esperado. Bastou para que Josué se decidisse. Havia conseguido!

Linda, dócil, perfeita em cada detalhe e virgem. Assim se apresentou a Josué, que aproveitou ao máximo o prazer proporcionado naquele dia e ainda mais uma vez.

Sua surpresa foi ficar a ver navios um mês depois do segundo encontro, quando a prima o dispensou sem maiores pudores, dizendo-se enjoada de sua presença e companhia, se dando ao trabalho de explicar a si mesma o que realmente desejava:

Alguém de sua idade! Alguém especial por quem se apaixonasse, e não demorasse seis meses para leva-la para a cama como o primo idiota. Em meio aos acontecimentos atuais de sua vida, não saberia explicar por que havia escolhido Josué como o primeiro homem de sua vida? Tinha consigo algumas dicas como; experiência, idade, segurança, carro, família, era carinhoso, entre outras coisas. Sabia que todas as qualidades enumeradas eram desculpas e que havia escolhido o primo por puro acaso, friamente, após analisar as possibilidades reais, já que havia decidido iniciar sua vida sexual. Outros motivos como estar louca de excitação e desejo de fazer sexo, contavam, mas o principal motivo era de origem animal, sentia-se pronta para ter sua primeira vez, e o primo foi o sortudo, já que andava cansada de se masturbar.

Atualmente, Neném pensava em Fred como sendo o homem que desejara em lugar de seu primo, mas tinha plena convicção que não o amava. Sabia que o desejava para si como um tipo de capricho, troféu, obsessão ou algo assim, que havia tomado conta de sua cabeça. Deveria ser aquilo, algum tipo de capricho? E se fosse somente, logo saberia... Agora que era mulher emancipada, pensava em dar umas boas fódas com Fred, acreditava que no inicio de qualquer relacionamento o sexo era vital, e se rolasse tudo bem... Se não, azar! Seria apenas mais um na sua futura grande lista de amores e amantes, ou melhor, amante. Seria o seu segundo.

Na escola a noite enluarada era o sinal de que seria uma boa noite. Era isso que pensava! Durante o intervalo entre as aulas, foi ao encontro de Fred pedindo que a levasse para casa, no que foi prontamente atendida. Se para a romântica Neném, a lua trazia bons presságios, para Fred, nada queria dizer! Olhava para a lua, quando olhava, como quem olha um automóvel que passa, uma pedra no chão um desconhecido, ou um objeto, e por isso, nem imaginava o que e passava pela cabeça da namorada.

Ainda na sala de aula, enquanto o professor demonstrava por meio de cálculos complicados como chegar ao resultado lógico e certo de uma inequação, ela estava pensando em química, na fórmula mágica que possuía, e como a utilizaria em seu proveito... Seus pensamentos a levavam para longe, muito longe, no perigoso campo do desejo, sentindo-se inquieta, incapaz de prestar atenção a aula, seus pensamentos, por mais que focasse, fugiam dali, indo parar direto no campo do desejo e ansiedade.

Em sua cabeça tudo havia sido arquitetado para que a noite fosse inesquecível de qualquer maneira, seja por prazer, seja por frustração. Contudo era certo que, Fred entraria de vez para sua vida ou sairia! Estava exausta de esperar que seu capricho fosse satisfeito, teria que ser naquela linda noite de lua!

Na casa de Neném sua irmã, Lena, que estava noiva nessa época, esperava ansiosa pelo anoitecer, quando, aproveitando-se da falta dos pais que foram viajar, iria passar algumas noites com o futuro marido, inconscientemente, não se sabe? Liberando a casa para a irmã, que já havia planejado tudo para aquela segunda feira de noite calma, temperatura agradável e com linda lua cheia... Seria a melhor noite de sua vida, pressentia que assim seria!

Mal bateu o sinal e os alunos já estavam nos corredores do colégio rumando para a cantina como um exército que se dispersava rapidamente, se juntando em pequenos grupos logo em seguida. A surpresa veio a cavalo com a interrupção de energia elétrica e os gritos alucinantes. Logo a notícia esperada por todos: A energia estava prevista para voltar depois do horário das aulas. Era a deixa para que Neném pedisse para que Fred a levasse para casa.

Em meio a tantos, alguns alunos menos privilegiados moravam muito longe, trabalhavam durante o dia, e por isso eram vistos nos pontos de ônibus, dando uma impressão às vezes melancólica, às vezes de euforia, devido à agitação ou quietude em que se encontravam, momento em que os passantes habituais podiam observá-los ora parados feito estátua, ora em pleno movimento, como se dançassem uma coreografia de dança moderna.

Sem pressa alguma, Neném e Fred passaram pelo ponto, iam de mãos dadas, jogando conversa fora, como se tentassem adiar o momento da despedida. Ele, como sempre, falava de religião, tentando ligar tudo o que Neném lhe falava à fé que tinha, enquanto ela tentava e quase sempre conseguia levar seu menino para o lado humano da vida, o lado real, palpável! O lado que para ela fazia sentido, que a fazia sentir-se viva, vibrar, rir, chorar, viver enfim.

Fred após longa batalha entre homem e espirito, havia começado a entender isso, sabia que era à força do instinto humano, do desejo carnal! Afinal, ele não estava ali, movido pela força do pecado?

Em seus pensamentos achava-se consciente e sabedor das armadilhas da vida, do sexo, das coisas mundanas... Mas reconsiderava, afinal era também um ser mundano, pecador e humano, nascido da carne!

Como se separar das coisas do mundo? Como se livrar da ligação que possuía com o homem, seus semelhantes, para unir-se de corpo e alma ao Pai? Eram essas e outras questões menores que realmente preocupavam-no. Chegava a dormir e acordar pensando neste ou naquele ponto especifico da teologia ou filosofia. Filosofava sem querer, sem saber o que fazia. E quando estava ao lado de Neném, não se preocupava, ou dava importância para as leis do homem, ou de Deus... Queria ficar ali, a seu lado eternamente. Seria o amor?

Sem pensar declamou para Neném destacando as partes sobre a justiça divina, como era seu costume, contudo, não notado pela namorada - Ah o amor... "[6]Ainda que eu falasse as línguas dos homens e dos anjos, e não tivesse amor, seria como o metal que soa ou como o sino que tine".

E ainda que tivesse o dom de profecia, e conhecesse todos os mistérios e toda a ciência, e ainda que tivesse toda a fé, de maneira tal que transportasse os montes, e não tivesse amor, nada seria.

E ainda que distribuísse toda a minha fortuna para sustento dos pobres, e ainda que entregasse o meu corpo para ser queimado, e não tivesse amor, nada disso me aproveitaria.

O amor é sofredor, é benigno; o amor não é invejoso; **o amor não trata com leviandade**, não se ensoberbece.

Não se porta com indecência, não busca os seus interesses, não se irrita, não suspeita mal;

Não folga com a injustiça, mas folga com a verdade;

Tudo sofre, tudo crê, tudo espera, tudo suporta.

O amor nunca falha; mas havendo profecias, serão aniquiladas; havendo línguas, cessarão; havendo ciência, desaparecerá;

Porque, em parte, conhecemos, e em parte profetizamos;

Mas, quando vier o que é perfeito, então o que o é em parte será aniquilado.

Quando eu era menino, falava como menino, sentia como menino, discorria como menino, mas, logo que cheguei a ser homem, acabei com as coisas de menino.

---

[6] Coríntios 13

Porque agora vemos por espelho em enigma, mas então veremos face a face; agora conheço em parte, mas então conhecerei como também sou conhecido.

Agora, pois, permanecem a fé, a esperança e o amor, estes três, mas o maior destes é o amor.

Neném agora pensava, enquanto sentia em sua mão a doce companhia que era com sua suavidade e leveza... Fred pensava em como podia existir alguém tão espontânea, transparente e inconsequente a respeito do que queria e acreditava? Acreditou sinceramente que Neném detinha em si o verdadeiro princípio da fé.

Agora totalmente entregue, Neném falava, ria e brincava enquanto lhe afagava o rosto carinhosamente e com suavidade, olhava com olhar doce, olhar de desejo e compreensão. Fred via naqueles olhos a demonstração do verdadeiro amor, o desejo sincero de estar ao seu lado por gostar de sua companhia, por estar ali e nada mais, nenhum outro interesse. O olhar meigo que jamais pôde ter para si, como presente, de repente lhe fora dado pelo Pai, através daquela santa criatura – santa mulher!

Agora ia de um ponto a outro, pensava se seria ele destinado a uma mulher, a ter muitos filhos; quem sabe um pastor e uma missionária... Imaginava.

Os pensamentos diferiam entre si, mas os olhares condenavam. O desejo forte de um se escondia nas profundezas do coração do outro. Tudo perfeito!

Na noite a lua estava cheia transbordando o branco na claridade exercida sobre as trevas, parecendo estar muito baixa, romanticamente baixa no horizonte. Olhavam-na como se a lua estivesse bem pertinho, no morro em frente, como se desejassem tocá-la, seria só caminhar alguns metros... Era um sonho de Luar!

A conversa fluía como uma sinfonia bem orquestrada em que o casal tocava e era a plateia, chutavam o escanteio e corriam para cabecear e fazer o gol. Tocavam o destino com sabedoria, amor, afinco e inspiração, enquanto fechavam os olhos para sentir a pureza do som invadindo lhes a alma.

Em frente sua casa Neném enrolava com conversa besta, pensava em convida-lo para entrar, mas não seria mágico se assim fosse, e isso a irritou profundamente por alguns instantes, que mais pareceram uma eternidade. Relaxou e decidiu viver o momento, e se realmente tivesse que dar ser, que fluísse por si a tal natureza, o tal destino, com a ajuda e um pouco de decisão de Fred, esperava! Afinal de contas, ao contrário do namorado, acreditava na natureza e as forças invisíveis como destino entre outros, como sendo a força maior, e ele, o destino, que trabalhasse com as forças invisíveis para que suas vontades e desejos se realizassem, e se não, azar deles, pensou.

Em frente à casa o casal esgotava suas últimas gargalhadas antes do inevitável momento de silêncio, a pausa inesperada que dá o tom ao momento, desfiando a tomarmos uma decisão. Decidida, Neném não forçaria a natureza das coisas, não o convidaria a entrar, teria que partir dele a atitude, mas, de uma forma não tão romântica, Fred deu um jeito meio sem intenção e assim, o destino a salvou, concretizando sua vontade.

Nunca na vida de Neném palavras tão simples soaram com tanta força. Aquela frase "Me dá um copo de água" soaram estranhas, com força própria, quase sobrenaturais.

A frase foi ouvida como se lhe implorassem seu amor, como se lhe dissessem sobre sua vontade e desejo incontroláveis e urgentes por ela. Num turbilhão de pensamentos, quase que instintivamente reconheceu, ali estava a mão do destino! O maldito destino jogara Fred bem dentro de sua casa...

- Claro; entra pra beber? Foi sua resposta com inocente.

- Não, vai acordar sua família. Feliz, triunfante, pode finalmente dizer as palavras mágicas que tanto desejou falar por toda à noite "estou só em casa!"

- Senta ai, disse enquanto colocava o material escolar na mesa de centro, virando-se propositadamente de costas. Ao virar-se para buscar a água, antes mesmo de se levantar completamente, despencou ao lado de Fred, intencionalmente o apertando e em seguida lhe roubando um beijo.

Com sinais de nervosismo, medo de tudo, da situação, de que chegasse alguém, de que Deus estivesse olhando, etc..., invadiu a cabeça de Fred, mesmo quando investia sobre ele, nada acontecia!

- Fecha a porta, pode chegar alguém, e... Neném o interrompeu com uma enorme gargalhada. Ria de Fred, mas concordou naquele pedido, afinal, seus caprichos e desejos em parte haviam sido concretizados.

O simples fechar de porta com as chaves a fez sentiu-se mais senhora de si, achando agora, que Fred tinha alguma razão, ainda que soubesse que ninguém apareceria ali naquele horário e naquele dia.

Cedeu completamente, dando-lhe total razão quando roçou novamente seu corpo e sentiu sua virilidade estampada como escultura feita sobre a rocha. Era o momento em que nada mais importava, o mundo, as pessoas, o futuro, a vida, nada, absolutamente nada importava, há não ser os dois completamente entregues a ele, o momento.

A primeira noite de amor foi igual a de muitos outros jovens que descobrem o sexo, passou a madrugada inteira se entregando ao desejo insaciável de ambos. Ela não sabia que um desejo contido era capaz de transformar a força física e a libido? Não se cansava, pedindo mais e mais. Era apertada, segurada com força, ora rapidamente, ora lentamente, brincando consigo, com seu desejo. A despedida aconteceu somente quando o dia clareava e ambos estavam exaustos, com olheiras profundas e felicidade estampada no rosto.

Que noite gostosa... Pensava Fred ao voltar para casa, viajando em detalhes íntimos. O pensamento se dispersou ao chegar em frente sua casa, quando deu de frente com a mãe, preocupadíssima com o filho, e com cara de quem também passara a noite em claro, cheia de orelhas, diferenciando-se apenas no rosto que estampava preocupação ao invés de felicidade.

A única coisa que escutou foi "onde você esteve?", depois disso, algumas chineladas nas costas, cabeça e pernas vieram acompanhadas de longo sermão que não ouviu, assim como quase não sentiu as chineladas. Enquanto ainda estava em estado de graça, nada disse em sua defesa ou a favor da mãe. Sofreu seu castigo resignado com o que, após as chineladas, acreditava agora ser a mão de Deus sobre o filho que pecou de forma grave, havia fornicado...

No quarto, deitou-se e teve consciência das costas doloridas, um leve ardor na cabeça e pernas, assim como um arranhão. Quase dormindo variava de culpa em culpa por ter deixado a mãe apreensiva, ou pelo enorme pecado carnal que cometera, para logo em seguida rir baixinho, sentindo-se feliz pela noite maravilhosa.

Ficou indo do pecado ao prazer e felicidade até que o sono o abateu. Sonhou com um pastor abençoando seu amor...

Com as mãos por sobre a cabeça do casal dizia *"Sejam para ti somente e não para os estranhos contigo. Seja bendito o teu manancial, e alegra-te com a mulher da tua mocidade, corça de amores e gazela graciosa"* (Provérbios – 5: 17, 18,19)

Enquanto dormia e sonhava, a amante acabava de limpar a sala, que fora o palco da noite de amor, então ainda exausta deitou-se no mesmo sofá que acabara limpar e dormira sonhando com seu amante incansável. Sonhou o dia inteiro com seu cavalheiro, seu amante e talvez amado...

O sábado estava ensolarado, as pessoas felizes em volta da fumaça cheirosa que ia saindo das carnes sendo assadas na churrasqueira. Alguns tomavam cerveja, outros refrigerantes, sucos e todos, sem exceção, devoravam a variedade de carnes, linguiças, queijo, abacaxi e pão de alho assados na brasa, para acompanhar as saladas, arroz branco, enfim, tudo o que ia sendo servido ia, aos poucos, sumindo feito mágica.

Agora bem mais velho, com a barba se formando de forma bastante falha, o que dava a dupla impressão, quando feita, de ser muito mais jovem do que realmente era e quando estava aparente, mais parecendo um jovem acadêmico.

Bastante experiente em relação à família de sua namorada, um tanto preconceituoso, ficava um pouco isolado dos demais, que ao contrário dele, não eram adeptos de nenhuma religião, por isso não frequentavam igreja alguma, mas, se diziam cristãos.

Com sua cabeça, cada dia mais conservadora, acreditava serem todos pecadores, julgando suas posições como incorretas, e por isso, sempre que possível, não se misturava com os que julgava ser "o povo do mundo", e do mundo, queria saber apenas de sua namorada.

Por esse motivo, antes de anoitecer, quando as brasas da churrasqueira se transformavam em pó de carvão queimado, denunciando a ausência do churrasco, ele sempre arranjava uma desculpa para ir embora, se livrar do convívio dos impuros, pensava.

Contudo, quase sempre despercebido por todos, ficava num canto observando... E se já não havia mais carne assada, havia muita conversa animada, gargalhadas e muita alegria natural e principalmente alcoólica. Anoiteceu, cantaram "Parabéns pra você" para a aniversariante, que ria muito.

Neném estava ao ponto de explodir de felicidade, afinal, passava a maioridade com promessa de ser ainda por longo tempo uma linda mulher!

Estava em sua melhor forma agora que entrava na fase adulta da vida: solteira, bonita, com um corpo muito bem torneado, que beirava a perfeição, além de atributos psicológicos como a cabeça bem centrada. Seu único defeito ou fraqueza, como diziam os membros de sua família e conhecidos quase que unanimente, era insistir em continuar namorando Fred.

Havia o reconhecimento geral de suas qualidades como ser um rapaz honesto, religioso, contudo, no conceito geral era ainda muito novo, e por consequência, imaturo, e para piorar seu ibope, era considerado como bitolado com bobagens e doutrinas religiosas que fugiam À realidade.

As coisas pioravam sensivelmente quando, fora tudo isso, sem contar a chateação e constrangimento de ouvi-lo, com grande frequência, tentando de todas as formas arrebatar os pobres pecadores para o que considerava o céu ou paraíso. Quando se empolgava, começava a falar alto como se pregasse, seus olhos brilhavam enquanto pareciam crispar estranhas faíscas, que eram interpretadas como fé por alguns e limite da sanidade ou insanidade mental por outros.

Felicíssima, Neném fotografava e era fotografada, abria presentes e se dividia em atenção entre os convidados queridos e os nem tanto. Josué foi um dos últimos a chegar à festa, cumprimentou a todos de forma generalizada, indo direto para a aniversariante. Perdeu-se por instantes observando aquela que poderia ser sua mulher, abrindo-se em sorrisos de verdadeira simpatia e desejo de reciprocidade, enquanto entregava a aniversariante um pacote grande. Ainda durante o abraço, disfarçadamente confidenciava a prima que jamais a esquecera, que sentia por ela um grande afeto e muitas saudades, e que gostaria que ela usasse o presente naquela noite. Educadamente, se desvencilhou de Josué, mas não pode deixar de abrir o presente em virtude de sua insistência e da natural curiosidade.

É lindo! Foi tudo o que pode dizer antes de devorar com os olhos o pedaço de pano vermelho.

Não resistindo à tentação, fez a vontade do primo, mas, por sua própria vontade e pela natural forma feminina de ser, e de querer se sentir a mais bela entre todas, enfim, pelo simples prazer de causar inveja as outras mulheres. Quando voltou a cena, ofuscou o brilho de too ser do sexo feminino, tornou-se a única mulher da festa aos olhos dos homens. Estava estonteante, parecendo uma estrela de cinema. Sua beleza chegava a constranger, tanto que Fred corou ao vê-la, sentindo imediatamente um misto de ciúmes e desejos, que eram proporcionais a de todos os homens da festa que podiam se dar ao luxo de desejá-la, e quanto a isso não poderia fazer nada. Podia notar olhos devoradores a todo o momento sobre sua namorada, consciente de sua sensualidade pecadora, pensava.

Ainda que não desejasse, o que não era o caso, provocava a todos, homens e mulheres com aquela beleza e gestos, que chegava a ser agressiva, deixando Fred diminuído, impotente, morto de ciúme e raiva ao mesmo tempo, e sem poder fazer nada, parado num canto.

Josué a devorava com os olhos, perdido em cada detalhe, que inconscientemente o levava às recordações dos momentos nos quais havia possuído a prima-deusa... Seu desejo chegara ao completo descontrole. Não sabia mais o que fazer, pensava em ir embora, contudo o tempo hábil para tal proeza não existia. Contra sua vontade, em certo momento não resistiu...

Trancado no banheiro, agora se transformara num garoto adolescente ou na puberdade, não era mais, por instantes, um homem já próximo dos quarenta anos. Sem controle pensava em Neném.

Próximo ao fim da festa, o cunhado, que também participava do clube dos desejosos, comunicou-lhe que talvez tivesse lhe conseguido um emprego. Foi a gota que faltava para derramar a taça de felicidade na vida de Neném. Um emprego... Seria o primeiro...

Por um bom tempo sonhava com sua nova realidade, esquecendo-se totalmente do namorado, colocado em segundo plano. Ali, praticamente imóvel e invisível sentia-se frustrado com aquele fim de festa; totalmente diferente do que havia planejado, sendo obrigado a se contentar com um beijo morno e uma desculpa do tipo "Estou muito feliz e cansada!" e ir para casa sozinho.

As ruas do centro causavam em Neném uma fascinação enorme. Olhava a tudo como uma grande obra de arte construída em longo prazo ou parte de uma grande máquina que jamais parava, ao contrário, girava dia e noite, sem pedir permissão ou opinião a quem quer que fosse, era a mais pura energia que brotava de um rio de gente caminhando a qualquer hora, por motivos diferentes, ligados a vida em comum, como se um formigueiro de formigas pensantes. A metrópole Girava alternando apenas sua velocidade, que dependia única e exclusivamente do horário.

Enquanto o elevador subia, pensava em seus novos amigos e colegas gerados por sua nova condição, pensava em seu novo mundo, onde praticamente tudo a deslumbrava. Adorava almoçar em lanchonetes, restaurantes, padarias, enfim, lugares diferentes todos os dias. Andar pelas ruas apinhadas de gente desconhecida, olhar as vitrines o que jamais compraria e sonhar com o mundo dos milhares, milhões de pessoas que se cruzavam durante o dia por motivos diferentes; uns a trabalho, outros a passear, vagabundos, prostitutas, entrelinhas, encontros... Sexo! – Como é bom transar, contudo, estava ficando cansativo e repetitivo demais ouvir os sermões religiosos de sempre...

Aquele pensamento sem importância era o primeiro indício, ainda que não notado, de que não desejava tanto assim o namorado.

O escritório onde trabalhava, anteriormente havia sido uma residência com cinco cômodos bem distribuídos, que posteriormente, devido á crescente necessidade de espaço comercial, passou a ser alugada para esses fins devido a grande valorização e procura nas proximidades por espaços onde se pudesse acomodar o escritório de uma empresa.

Assim como outros apartamentos, o local fora totalmente transformado, era composto por três cômodos, anteriormente quartos de dormir, hoje transformados em gabinetes para os sócios da empresa, que prestava consultoria técnica em âmbito comercial, contábil e jurídico a grandes empresas. A antiga sala de estar e jantar tornara-se a recepção, arquivo e sala de espera, onde os clientes, visitantes e demais visitantes aguardavam para serem atendidos. Somente o banheiro e a cozinha permaneceram como eram originalmente na residência.

Ali, naquela recepção, de segunda a sexta feira, das oito horas da manhã às seis da tarde, Neném passava os seus dias agora, sempre acompanhada por três homens ou mais.

Os três quase sempre presentes eram advogados, um casado, um em processo de separação e o terceiro solteiro.

Devido ao processo de separação, Eduardo, o sócio majoritário da empresa, sempre ficava até mais tarde por motivos reais: trabalho; ou fictícios, como ficar imaginado o rumo e as consequências a que estava sujeito com seu processo de separação.

- Estou indo Doutor Eduardo, deseja mais alguma coisa? A pergunta pegou Eduardo de surpresa, pois viajava em turbilhões de pensamentos.

- Sim, digo... Pode me servir um último cafezinho? Tentando se desvencilhar da chatice de ter que fazer café naquela hora, insinuou-se negativamente "se não se importar em esperar alguns minutos..."

- Não, não! Deixa. Vou descer com você, Vou embora! No elevador o casal de colegas de trabalho totalmente estranhos entre si nada disse, apenas se olharam para que na saída Eduardo perguntasse instintivamente, sem pensar, onde morava. Era o destino agindo novamente na vida de Neném, agora por conta própria.

- Zona sul, Santo Amaro. Respondeu.

- Quer carona? Te deixo na av. Santo Amaro, vou para o Morumbi e não custa... Neném ia negar, mas sabia por alto das particularidades do colega e talvez por isso, acreditou que Eduardo quisesse falar um pouco. Faria o papel de boa samaritana, emprestando-lhe os ouvidos ao que fosse dizer!

- Onde mora? Rapidamente explicou a Eduardo como chegar a sua casa, e como havia previsto, Eduardo abriu seu coração, contando pormenores de seu relacionamento e problemas acumulados por consequência.

Em meio a tanto desabafo, foram parar num bar, onde Eduardo continuava a despejar seus problemas sobre a colega, que pacientemente ouvia o relato do patrão.

Às onze da noite, Eduardo pareceu acordar para a vida, balançou vigorosamente a cabeça em tom de negativa, enquanto se desculpava um tanto constrangido, justificando que, era mais fácil se abrir com uma "estranha"... Nova gafe, outro pedido de desculpas, agora muito corado, ainda tentando desfazer o mal entendido enquanto dizia não ser aquilo que pretendia dizer, e quanto mais falava, mais se enrolava, até que calou-se, desistindo das justificativas baixando por instantes a cabeça. Olhou para Neném com tristeza genuína, meio perdido, sem mais palavras a serem ditas, sobrara apenas "te levo em casa e obrigado por me ouvir, e me desculpa por te alugar?"

Após o ultimo pedido desculpas, imediatamente se lembrou de Fred, que a esperava...

Ao se aproximar do portão de sua casa, ninguém! – O que teria acontecido? Onde estaria Fred...

Novamente sentindo-se ridículo ao acenar para sua funcionária, que nem sequer lembrava o nome, se foi pensando; acho que estou carente...

Em casa, entrou na sala onde sua mãe a aguardava. Não foi preciso perguntar pelo namorado, a mãe se incumbira de dizer tudo o que queria e não queria saber!

- Seu namorado, aquele moleque, ficou furioso pela demora – Esperou até cansar... Não teve jeito, foi embora cuspindo fogo pelas ventas sem dizer nada, mas, sua cara de bicho incomodado dizia tudo. A boca estava fechada, mas dava pra sentir o coração e a alma à flor da pele! Moleque esquisito esse...

Nem para me esperar, saber o que aconteceu, e se tivesse morrido... Pensou com seus botões, sem levar em conta o avançado das horas.

A noite foi longa para Fred. Imaturamente esperava pela namorada em sua casa, imaginava que ao chegar se desculpasse pó tê-lo feito esperar, demonstrando o forte e plausível motivo para o atraso. Como nada aconteceu, sua cabeça começava a girar muito rápido, pensava em traição e condenava sem saber o que havia ocorrido. Jurava por Deus e amaldiçoava a mulher que traia, mas não conseguia se lembrar, ou citar um versículo de cor. Decretou que aquilo que acontecia consigo era castigo! Não, não era castigo, era o inimigo tentando invadir sua vida, mas, ele nada conseguiria! Jurou.

Em sua cama, Neném dormiu rapidamente e sem culpas. Sonhou com Eduardo e Fred em batalha ferrenha por sua preferência, confusa, alternadamente ia de um a outro, para no final ceder a Eduardo, que a abraçava pedindo que perdoasse o antigo namorado, pois tinha problemas mentais!

O sonho tornou-se perturbador, não pelo conteúdo, mas pelas palavras ditas por Eduardo, que mal conhecia Fred e notara...

Acordou com a última frase gravada em sua mente. "perdoar o Fred, porque ele tem problemas mentais..."

Com aquela maldita frase tatuada em sua lembrança, não conseguiu mais pegar no sono e ficou assim pensativa até o dia clarear, analisando o que todos os seus conhecidos lhe diziam sobre o namorado, suas manias e ideias fixas. Havia plantado uma duvida em sua vida. Levantou-se pensando na noite e quando tomou o café da manhã, pouco antes de sair de casa, ao perceber o lindo dia, instantaneamente esqueceu a noite, os sonhos e tudo o mais.

Deu um beijo na mãe, abriu o portão de entrada e tomou um susto quando deu de cara com Fred, parado e com os olhos fixos. Olhou atentamente o namorado analisando e concluiu que era realmente bonito. Pensando nisso, foi ao seu encontro sorrindo, desejando bom dia, no que não foi correspondida.

Foi recebida com certa agressividade, aspereza e uma série de questionamentos, os quais se negou a responder, deixando-o ainda mais nervoso.

Foi o inicio de uma acalorada discussão cheia de insinuações, onde cada qual desistia do namoro enumerando sérias razões, as de Fred de ordem religiosa, pensadas friamente, e as de Neném de ordem sentimentais, vindas do coração, e por isso cheia de peso e difíceis de engolir, devido à humilhação de deixar de ser amado, ou seja, o verdadeiro fim de qualquer possibilidade de volta. Ambos orgulhosamente deixando claro que jamais voltariam a se ver!

O primeiro contato com Deus

Em sua casa, com os nervos em frangalhos, Fred clamava por justiça divina, andava de um canto ao outro em seu minúsculo quarto, maldizendo e cheio de auto piedade. Quanto mais pensava na discussão, mais nervoso ia ficando, somatizando de forma que o corpo e amente não aguentavam mais o maldito sentimento, então sabiamente decidiu entregar tudo nas mãos do Senhor, e se entregar ao estudo da palavra buscando soluções para sua vida.

Abriu a o velho testamento e lendo as passagens aleatoriamente, era parcial, reconhecendo apenas o que lhe era justo, ou em outras palavras o que fizesse justiça contra os que o contrariavam. Lamentou a sorte dos que, movidos pelos prazeres e ilusões mundanas desobedeciam a lei, àquele que tudo vê, que tudo sabe com justiça!

Com os olhos fortemente fechados, a testa enrugando ia sentindo leve pontada no rosto enquanto orava pedindo luz, sabedoria e justiça. Então, aleatoriamente colocou o dedo entre as páginas, e depois sobre o texto que dizia: *"[7]porque o mandamento é a lâmpada, é a instrução, luz; e as repreensões da disciplina são o caminho da vida"* Por curiosidade olhou um pouco mais acima do texto:

"[8]ADVERTENCIA CONTRA A MULHER ADÚLTERA"; continuou a ler: *"para te guardar da vil mulher e das lisonjas da mulher alheia."*

- Não, não podia ser... Pensou acreditando piamente no que lia. Era realmente um sopro divino sobre seus ouvidos, entendimento, sobre sua vida...

Continuou em sua aleatoriedade; com os dedos nervosos agora por sobre o versículo 29.

"Assim será com quem se chegar à mulher de seu próximo; não ficará sem castigo todo aquele que a tocar."

- Sim..., seja feita a tua vontade, que vem de encontro ao desejo deste filho!

---

[7] Provérbios 6:23

[8] Provérbios 6:24

Após a leitura, uma onda de sentimentalidades o envolveu, e chorou até soluçar. Estava em êxtase, misto de felicidade incontrolável e tristeza estrema...

Não querendo crer, ao mesmo tempo em que acreditava ser a voz do Espírito Santo soprando diretamente a seus ouvidos aquelas palavras, benditas palavras...

Passado algum tempo, agora jogado sobre a cama questionava a Deus sobre como agir, o que fazer e como fazer?

Pedia ora entre lágrimas e dentes cerrados de ódio, ora com um riso brando com a boca tremula. O choro surgia a todo momentâneo em que sentia a dor da separação.

Fechou a Bíblia e concentrou-se em seu ódio, sua vingança justificada pelo amor e fé. Agora seu rosto enrubescera. Abriu novamente o livro da forma costumas colocando o dedo que apontava o versículo dez, capítulo sete do livro de Provérbios novamente.

"Eis que a mulher lhe sai ao encontro, com vestes de prostituta e astuta de coração."

Resignou-se, se acalmou agora acreditando estar em contato direto com o Espírito Santo. Olhou novamente para o texto acima, versículo vinte e um: *"Seduziu-o com suas muitas palavras, com lisonjas dos seus lábios o arrastou."* Por fim e agora com certeza absoluta da predileção por si, baixou o dedo no livro, com a certeza da crença; Versículo vinte e sete:

"A sua casa é o caminho para a sepultura e desce para as câmaras da morte."

Morte, morte, morte... Pensava em estado de completa alucinação.

Fora um dia de tortura mental, até que resolvesse voltar a casa de Neném. Decidido a esperar ali pela namorada, ainda que fosse pelo resto da vida, se fosse necessário!

Não sabia o que acontecia, mas, acreditava que algo não estava certo naquela história. Queria averiguar os acontecimentos, e por isso, ficou de longe, próximo a algumas árvores, sentado e pensando se a palavra tivesse razão, o que faria?

Após horas de senta e levanta, enjoado pela espera decidiu-se: que fosse feita a justiça divina!

O dia de Neném fora muito corrido, a ponto de nem sequer ver Eduardo. No final do expediente, voltou rapidamente para casa, se sentia meio adoentada, desanimada como se morresse por dentro, devia ser alguma virose, gripe...

Ao se aproximar da casa, avistou Fred em seu esconderijo – Olhou como se analisasse a situação, simulou um sorriso e quase se sentiu feliz por vê-lo ali.

Fred reagiu imediatamente, foi a seu encontro, agindo como homem maduro, centrado, convidando-a para uma caminhada, enquanto tentavam reatar a conversa. Houve um princípio de discussão, em que Fred começaria a bater nas mesmas teclas, contudo, baixou o tom da voz, Dizendo-se arrependido e despedindo-se próximo ao portão com um prolongado beijo na boca. Foram apenas quatro horas de conversa para a reconciliação acontecer.

No dia seguinte, o escritório ficou praticamente vazio de clientes e sócios, quando Eduardo e Neném ficaram a sós praticamente o dia inteiro, contudo, sem trocarem mais que duas palavras até o horário de almoço. Após o almoço, Eduardo pediu um café.

Ao entrar na sala de Eduardo, instantaneamente o abismo existente entre ambos sumiu novamente, a amizade instantânea associada a empatia havia se fixado em ambos.

Um tanto transtornado, olhos avermelhados, davam sinais de que havia chorado, ou sofria de grande congestão. Instintivamente, assim como no dia anterior, sem saber por que dissera aquilo, Neném perguntou-lhe se queria falar. A negativa contrariava sua boca, parecendo ser independente de seu corpo, com vontade própria disparou a falar incontrolavelmente, enquanto de seus olhos era nítido o pedido de clemência e paciência.

Houve ligeira troca de carinhos em mãos braços, algo reconfortante, sem malícia, o que serviria como pretexto para o início de uma grande amizade, que rapidamente abriu caminho aos almoços, jantares, cafés e até viagens ao litoral; coisas normais entre ambos, que se tratavam como bons amigos. Ela falava de seus problemas com Fred, enquanto ele confidenciava-lhe segredos de sua ex-mulher e sua filha, mais uma troca de ombros onde se apoiar e chorar de vez em quando.

Neném e Fred se distanciaram inconscientemente após a primeira briga. O namoro sobrevivia, mas, os corpos estavam muito menos desejosos e quase não riam mais juntos. O relacionamento havia esfriado.

Outro motivo sentido por Neném era o peso do trabalho, da ida e volta demorado, ônibus lotados, inconvenientes passageiros, que inicialmente eram vistos como barreiras leves, devido à empolgação inicial, que agora, após alguns meses, havia se transformado em rotina maçante em sua vida, só não desistia do emprego pela amizade e longas conversas que mantinha com seu novo amigo, Eduardo, além do ambiente ser muito relaxante, quase sem cobranças.

Não tardou para que em seu relacionamento com, Eduardo começasse a aparecer como exemplo, ou como simples citação, em determinados momentos do namoro, o que deixava Fred desconfiado, analisando seus modos quando falava a respeito, acreditando ter finalmente descoberto a causa dos problemas de relacionamento, ou pelo menos ter encontrado uma pista que levaria a resolver o enigma em seu relacionamento, jamais levara em consideração os repetidos pedidos e conselhos de conhecidos com relação a sua maneira radical, ortodoxa, beirando a intolerância, quando o assunto era religião.

Raciocinava como um macho ferido em seu orgulho, se remoendo e duvidando da fidelidade disfarçadamente, mas agora, a situação fugia ao controle, sentia a namorada escapar por entre seus dedos sem ter ou saber o que fazer. Sentia, e se sentia era real!

Neném ia se tornando mais distante, menos empolgada e tolerante a cada dia que passava. Alegava cansaço físico e outras desculpas anteriormente não utilizadas, o que o consumia aos poucos, sem demonstrações de fraqueza.

O relacionamento era empurrado, sendo levado à frente, pressentindo seu tempo se esgotando lentamente, feito areia em ampulheta... Esperava e acreditava num milagre que pudesse salvá-lo, mas, enquanto isso não acontecia, ficava com Fred fazendo o que restava de bom entre eles; quando sentiam desejo, porém, nem mesmo o prazer a atraia mais como anteriormente.

Convencido de que era traído, pacientemente, Fred aguardava a chegada do dia em que tudo seria esclarecido diante de seus olhos. Reconhecia que amava; amava acima de tudo, menos de seu amor ao Pai, ainda assim, jamais a perdoaria se o traísse, era uma promessa.

A distância entre o casal aumentava intimamente, e ninguém, há não ser o casal, sentia o processo acontecer.

Neném esperava pacientemente o milagre, enquanto Fred esperava que se cumprisse a palavra do Senhor.

Numa quinta feira ensolarada, Fred decidiu-se por fazer uma surpresa para Neném, e assim como no dia após a briga ficou de campana próximo à porta do prédio, aguardando que saísse para o almoço. Levava um buquê de rosas brancas e aguardava pacientemente, como era seu costume.

Por essa época já fazia um bom tempo que Eduardo almoçava com Elaine, como ele preferia chamá-la. Mantinham um bom relacionamento de amizade, com certas liberdades que certamente não seriam bem interpretadas por quem os visse de mão dadas, sorridentes a caminhar pelo centro.

Naquele dia, ocorrera exatamente como nos outros, saíram do prédio conversando animadamente, de mãos dadas, rindo muito, o que há tempos não acontecia com Fred, que assistia tudo de longe, se sentindo o menor dos seres quando um beijo fora dado no rosto de Neném...

Trêmulo, Fred se segurou amassando as flores com muita força, como se pegasse nos braços da namorada, jogando-as imediatamente na lata do lixo. Seguiu o casal obstinadamente observando de longe. Durante o almoço quase morreu, sentindo fortes dores no abdômen, quando Eduardo abraçou Neném como se fosse sua mulher.

Agora não estava mais no controle da situação, sua paranoia o perseguia, tomara conta de sua mente e corpo, não conseguia pensar ou fazer algo que não se relacionasse com a namorada.

Prometera para si que a partir daquele momento cuidaria dos seus horários, questionaria suas saídas, atrasos, amigos, e tudo o que se relacionasse com sua vida. Faria tudo até se tornar insuportável sua presença, quando daria lugar a forças maiores.

Simultaneamente, dentro restaurante, em conversa franca com o amigo, Elaine abriu o jogo a respeito de seu namoro, e foi imediatamente aconselhada a romper com o namorado imaturo.

Pensativa acolheu a sugestão sem, no entanto, comunica-lo a respeito do que decidira. Será no próximo sábado, Disse para si mesma anotando mentalmente a data e a decisão.

O dia voou e no fim do expediente, conversando com Eduardo, bastou um toque a mais para desencadear uma reação em cadeia, onde se entregaram ao prazer sem palavras; intenso, constante, quase que perpétuo ao ser descoberto.

Passava das onze da noite na sala simples com duas poltronas e um sofá de três lugares. Numa poltrona a mãe de Neném e na outra a sua frente Fred, que ainda esperava por Neném. Sentia pontadas profundas no estômago, vontade de ir ao banheiro e uma ardência incomum nas faces.

Fora o enrubescimento das faces, aparentemente mantinha-se calmo, enquanto se corroía pela situação. Sua Impaciência, o levava a praguejar sem dizer uma única sílaba inteligível, enquanto pensava agora saber, "tinha certeza! Não necessitava ver..."

Sua mente como se ligada telepaticamente ao escritório Imaginava a namorada entregue aos prazeres com aquele... Playboy...

- Vou embora, ta ficando tarde... Diz a Neném que amanhã conversaremos. Disse com aparente calma e um falso sorriso cínico estampado no rosto.

Estranhando a falta de sermão religioso e notando a aparente calma, a mãe de Neném pensou "como está mudado esse rapaz", sem imaginar que a despedida era falsa, e que aguardaria a chegada de sua filha ao lado de fora seguindo seus pressentimentos.

No centro da cidade a calmaria de ruas vazias era cenário perfeito para a madrugada amena que anunciava o belo dia por vir ao mesmo tempo em que o porteiro do prédio onde Neném e Eduardo trabalhavam se assustou ao notar as gargalhadas vindas do elevador. Quando a porta se abriu estava bem à frente e pode ver o rosto cheio de culpa do casal enquanto insinuava com olhares cínicos que sabia perfeitamente o que havia acontecido ali. Disseram boa noite, sem preocupações maiores com o que o homem pensava, o porteiro não respondeu, apenas abriu a porta da rua, não se sabe se indignado ou com inveja, pensando no quanto eles deveriam ter trepado ali... Gente sem vergonha! Disse finalmente.

O automóvel parou a alguns metros da casa e Fred assistiu e confirmou a tudo o que sua mente e alma não desejavam terem vistos: uma conversa dentro do carro que continuava alegre e indecifrável, gargalhadas, o forte beijo na boca, um discreto e desejado último toque nos seios, seguido de risinhos e por fim um tapinha na bunda, despedida.

Fred em seu esconderijo Murmurava "vaca, vaca, vaca..." entre dentes para não ser escutado.

Ficou plantado praguejando "Você me paga!" enquanto esperava a namorada entrar em casa e o automóvel do amante sumia na escuridão da noite.

A semana passava rapidamente e Neném nada disse sobre sua intenção de terminar o namoro com Fred, Queria ver na cara de todos estampado a marca da surpresa!

Calculadamente Fred foi duas vezes à casa de Neném durante a semana. Sabendo que não a encontraria, sondava a mãe fingindo estar procurando saber o que estava acontecendo, demonstrando preocupação, na espera que sua dúvida disfarçada de preocupação fosse esclarecida pela mãe da namorada, que apesar de não deseja-lo como genro, o respeitava, acreditando ser um menino honesto e religioso.

O que desejava ouvir lhe foi dito durante um comentário.

- Não sei como você e a Neném se entendem, são tão diferentes, e o entanto, estão ai, de namoro firme... Aquilo era o que esperava ouvir: Namoro Firme! Imediatamente começou a arquitetar o seu plano divino, pois em sua mente somente a certeza de que forças divinas o ajudavam! Olhou para a mãe de Neném irradiando felicidade, com um olhar brilhante que também poderia significar insanidade?

A mãe de Neném interpretou aquele brilho do olhar como um súbito acesso de felicidade, talvez por saber que era respeitado, chegando a comentar com a filha o ocorrido. Neném apenas sorriu para a mãe, pensando "Aposto que Fred não vai ficar tão feliz quando souber que o namoro acabou..."

A mãe de Neném era uma mulher extremamente redonda. Há muito que a obesidade havia tomado conta de suas formas, porém, suas feições eram belas ainda. Tinha belos olhos cinza-esverdeados, piedosos, profundos e cheios de bondade, olhos que naquela manhã de sábado pareciam profundamente tristes, tanto que mais de uma pessoa lhe perguntou se estava bem, sem notar ao certo de onde vinha tal impressão?

Como de costume, de noitinha, Neném tomou seu banho, aprontou-se e brincou com todos. Fez pose de mulher fatal, comunicando que iria sair.

- Vai ver o Fredinho? Brincou a mãe. A resposta foi muito infeliz para Neném e extremamente favorável a Fred.

- Não. Vou à casa de uma amiga! Disse mentindo com a intenção de surpreender à todos.

A noite de lua minguante servia para acobertar silhuetas, acompanhada de neblina como estava, mal se via um metro à frente do corpo, o que a tornava especialmente parecida com as noites dos filmes de terror.

Com tranquilidade, pensando constantemente nos acontecimentos da semana, nas perspectivas de viver um bom momento em sua vida, Neném ia com passos leves rumo a casa de Fred. Foi rápida e como sempre fazia ao chegar no portão, sempre aberto em virtude dos inquilinos de Maria Feliche, entrou desapercebidamente, como um fantasma, invisível aos olhos alheios, de forma que ninguém sabia ou havia percebido que estava ali. Chegou e entrou permanecendo por algum tempo, tempo suficiente para dar as más notícias ao namorado. Calmamente elencou os motivos um a um explicando os porquês, para que terminassem o namoro de forma amigável e dessa vez, sem qualquer chance de voltarem.

Sua primeira expectativa, conhecendo bem Fred, era de que discutiriam, e acabassem como da última vez, discutindo. Ledo engano, ficou encantada com a reação do agora ex-namorado, que serenamente aceitou tudo, e que curiosamente repetia alternadamente a pergunta:

- Mais alguém sabe disso, mais alguém sabe que você está aqui? Justificando que gostaria, pelo menos por enquanto, que ninguém soubesse, para se preparar para enfrentar as pessoas e essas coisas...

- Não, claro que não! Respondia Neném sem dar importância à repetição da pergunta, acreditando realmente que Fred queria se proteger das pessoas, e que o fato das pessoas não saberem de nada, seria o melhor remédio para acalmar as línguas malditas, de acordo com suas palavras.

No meio da conversa, mais educadamente que o de costume, Fred pediu licença, dizendo que ia ao banheiro.

Compreensível, pensou. Talvez sistema nervoso ou simples vontade... Deitou-se na cama e ficou aguardando seu retorno enquanto levava em consideração suas maneiras educadas. Chegou mesmo a visualizar seu relacionamento com este e não o outro Fred, talvez desse futuro... Mas agora já era muito tarde para mudanças. Começou a estranhar a demora depois de se passarem mais de meia hora, até que finalmente retornou um pouco pálido.

Tudo conversado, com a educação de nunca, se dispôs a levá-la embora, imediatamente aceito e se foram! Em direção ao portão a pergunta inevitável "você está esquisito?"

- Imagina! Vou te confessar... É que fui abençoado por Deus! Respondeu em meio a falsa alegria de suas palavras.

- Que bom Fred, Que bom... Disse antes de saírem. Com extremo cuidado Fred saiu com Neném, e pouco antes de saírem para a rua, retornou À sua casa por alguns instantes por ter esquecido, provavelmente na estante da sala a sua carteira?

Neném quis voltar, impedida por ele que lhe pediu que fosse andando devagar, que a alcançaria.

Em noite de lua minguante, extremamente escura e com muita neblina, quase não se enxerga, ficando difícil distinguir as pessoas... Neném passou invisivelmente pela casa e pelo bairro, a passos lentos e leves caminhava feliz com sua nova condição e possibilidades com Eduardo... Já bem adiantada a caminho de sua casa, aonde jamais chegou...

Na madrugada a família de Neném foi chamada pela polícia para reconhecer o corpo de uma moça que portava os documentos de Elaine.

De plantão, repórteres do jornal Notícias Populares, aguardavam o desfecho da história estampada, que sairia no dia seguinte como manchete em letras garrafais: MANÍACO MATA, DEGOLA E OFERECE COMO SACRIFÍCIO! Enquanto que no jornal concorrente, um pouco menos sensacionalista estava estampado na primeira página: MOÇA É MORTA E DEGOLADA, HÁ INDÍCIOS DE SER OBRA DE MANÍACO!

Assim que soube das notícias, Fred se dirigiu a casa da ex-namorada, se juntando aos parentes e amigos, estava em toda parte. Era visto na cozinha fazendo café, chorando com um, acalmando outras pessoas, demonstrando naquele momento ser um homem forte e equilibrado, um verdadeiro ombro amigo para aquela família que o desprezara.

De vez em quando, como um disco riscado, Fred se repetia dizendo; quem somos nós para entender os desígnios de Deus? Sempre se esforçando para fazer-se presente naquele momento.

Naquela mesma noite, orou muito de olhos bem fechados, com o coração leve e ódio abrandado. Não resistindo, olhou novamente para o livro sagrado, enquanto o dedo indicador como se imantado, parou diretamente nos versículos treze e quatorze, somente então olhou Salmos, capítulo cinquenta e um; *"Então, ensinarei aos transgressores os teus caminhos, e os pecadores se converterão a ti. Livra-me dos crimes de sangue, ó Deus, Deus da minha salvação, e a minha língua exaltará a tua justiça"*.

Por duas vezes leu o texto. Incrédulo, teve a certeza de que estava no caminho certo.

Dois meses mais tarde, agora sem destaque algum, num rodapé da segunda página policial de um jornal um pouco menos sensacionalista lia-se a seguinte notícia:

SEM PROVAS OU INDÍCIOS, O CASO DE MORTE SEGUIDO POR DEGOLAMENTO FOI ARQUIVADO. A polícia diz ter encerrado as investigações, e que até o presente momento não existe nenhum indício ou suspeito que possam levar À resolução do crime...

O sonho!

Após a morte de Neném, a monotonia era a maior rotina na vida de Fred, que somente agora, com a perda, conseguia medir o verdadeiro tamanho da falta que fazia em sua vida.

Atualmente a falta de dinheiro também era uma constante, fazendo que, com o passar do tempo, desenvolvesse uma defesa mental contra a falta que as coisas materiais faziam em sua vida. Olhava para os que eram financeiramente abastados e sinceramente procurava sentir-se feliz por aqueles que, com certeza, tinham uma necessidade material bem grande, muito maior que a sua, contudo também tinha necessidades materiais a serem concretizadas, sentia e desejava com a certeza de quem já realizou o desejo. Essa era sua técnica. Imaginava uma situação hipotética, com os pés plantados na realidade, em que o maldito dinheiro que necessitava, surgia do milagre da multiplicação. Sonhava com papéis simples se transformando em cédulas de cem cruzeiros, em objetos sendo transformados pela medida de seu peso em cédulas.

Seus sonhos de consumo a alquimia aconteciam de forma que a transformação acontecia sempre de objeto para cédulas com maior valor de circulação vigente; se a cédula de maior valor fosse cinco, sonhava com milhões de cédulas de cinco, se fosse dez, sonhava com as de dez, e assim sucessivamente e de acordo com o peso. Sonhava e acreditava piamente naquilo, crendo que a sua realização, seria questão de tempo. Mas, como o tempo parecia ser longo demais, variavam os devaneios, as maneiras pelas quais conseguia aquela quantidade desvairada de dinheiro. Passava horas no quarto, no banheiro ou onde quer que pudesse ficar solitário e bem quieto, imaginando os acontecimentos como se fossem reais.

Invariavelmente sua mente o levava a pensar no fim trágico, mas, abençoado que tivera Neném... De acordo com seus preceitos mentais e espirituais, a situação o havia deixado órfão de amor, sentindo a partir daí, um grande medo de se envolver com outra pecadora mundana.

A inevitável separação serviu para fechar ainda mais as possibilidades de relacionamento entre as pessoas comuns com o mundo de Fred, para os que não frequentavam sua igreja. Lá sim, lá é que viviam os verdadeiros escolhidos... Pensava.

Apesar de ser muito popular entre os religiosos e frequentadores de sua igreja, não mantinha nenhum tipo de relacionamento pessoal com seus membros. Era participante ativo dos acontecimentos, festas, comemorações, enfim, de todos os eventos promovidos, mas, não se envolvia pessoalmente com quem quer que fosse, mantendo uma posição de eternamente presente, mas ausente o tempo todo. Um tipo de ausência não percebida, disfarçada pela sua presença superficial.

Rotineiramente saia do culto e ia direto pra casa, sempre apressado em deitar-se e entrar no seu mundo de sonhos, o que fazia com natural rapidez, quase instantaneamente ao deitar.

Enquanto sonhava um sonho todo entrecortado, sem cabeça e nem pé, ria, ficava sério, se divertindo e se culpando pelos pecados do mundo. Em meio aos sonhos orava e pedia pelos pecadores...

Sonhara a noite inteira e ainda não acordara quando o sonho fora novamente interrompido, dessa vez, pela presença de Neném, que o olhava docemente, com olhos indagadores e intensos, assustadoramente próximos. Somente após longo tempo, criou coragem para enfrentar aqueles olhos indicadores de culpa e perdão simultaneamente. Os olhos agora doavam apenas o amor, cheios de carinho e perdão. Notando aquilo, arriscou-se a se aproximar, pode tocá-la, e ao senti-la no toque das mãos, a recordação mais viva do que nunca do calor daquele corpo, que tanto amava...

Neném não falava, apenas sorria com bondade, convidando-o ao amor. Convite que praticamente o obrigava a apertá-la contra si num forte abraço... Na força do abraço a volúpia, o desejo escondido e encarnado de possuí-la por mais uma vez, só mais uma vez...

Calma. A única palavra daquele momento. A palavra imperava no sonho e em sua vontade. Lentamente, com muito carinho, demonstrando todo amor que continuava a sentir, pôde, de forma carinhosa, transmitir parte de seu sentimento àquela que ali estava.

Metodicamente, como se um balé muito bem ensaiado, primeiramente Neném soltou seus cabelos, depois se afastou um pouco demonstrando o desejo de ser olhada, apreciada, observada. Continuou a dança da sedução, agora tirando lentamente as peças de seu vestuário. Sensualmente, primeiro a blusa deixando a mostra os belos seios encobertos pelo sutiã de rendas, por fim as calças de algodão branco, quase transparente que deixaram a mostra o belo par de pernas lisas e morenas. Estava com uma calcinha que combinava com o sutiã, de rendas brancas e transparentes, deixando a mostra, a insinuante penugem. Depois as meias, o sutiã, por fim, totalmente nua a sua frente.

Fred olhava incrédulo, enquanto o desejo e a excitação incontrolável o dominavam a existência, corpo, e mente... Seu desejo o levava a uma ereção dolorida ao toque, sentindo-se como pedra!

Neném se aproximou insinuante, com os seios na altura de seu rosto, virou-se mostrando suas lindas costas, demonstrando toda sua sensualidade num tipo de dança da sedução, enquanto ele sem se conter quase estourava em prazer incontrolável e o inevitável gozo. Neném virou-se novamente pedindo que viesse agora!

Perdido e emocionado a abraçou, beijou-lhe os mamilos, tocou-lhe o sexo com a ponta dos dedos a fazendo gemer, enquanto ela pedia que continuasse, queria mais... Mais... Como na primeira vez.

Totalmente dominado pelo prazer experimentado, Fred ia se perdendo dentro do sonho daquele corpo, enquanto matava a saudade de longo tempo. Então fechou os olhos, segurou com força suas pernas e a puxava par si, como se fosse possível chegarem mais perto do que já estavam. As peles totalmente coladas, se negando a separação, sentindo-lhe a alma junto a sua como jamais sentira antes.

O clímax era perseguido, misturado àquele sonho de prazer, o amor e certa estranheza de sentimento fazia-se presente. A intensidade jamais sentida antes por Fred, e quase atingindo o orgasmo, ainda com os olhos fechados, sonhava sentindo a voz de Neném se distanciando, cada vez mais distante... Em frações de segundo, num tipo de consciência indesejável, foram passando muitas imagens por sua cabeça.

Perdido nos braços de sua amada, olhava para um morro muito distante, que não poderia alcançar, mas que estranhamente parecia estar muito próximo, a passos de si. Agora a voz da amada vinha daquele morro, mas a sentia ali, em seus braços. Estranhamente a sentia um paradoxo, onde a voz vinha de muito longe, enquanto estava como se colada a seu corpo, o que estranhamente aumentava em muito seu desejo.

Como é bom! Dizia sinceramente. Que saudades... Tentou beijá-la sentindo que se aproximava a hora do gozo. Lentamente passou a mão em sua nuca, pelo pescoço, quando imediatamente uma sensação estranha o dominou; sentia algo grudento, gosmento em suas mãos. Inicialmente acreditou ser o suor dos corpos, enquanto seu cérebro processava a informação, em fração de segundos negando insistentemente dizendo "suor não é tão pegajoso assim!" Sem dar importância ao alerta, foi ao encontro da boca desejada, procurou em vão por alguns instantes, recebendo a mensagem cerebral como um tipo de pisca-pisca: Cuidado! Cuidado! Cuidado! Não a encontrou, ainda assim se entregando a urgência do prazer máximo. Relaxara...

Após tanto prazer, ainda sonhando, fora obrigado a abrir os olhos. Instantaneamente a mensagem que o cérebro insistia em enviar durante o sonho a momentos atrás, desconexamente, como ocorre nos sonhos, o fez olhar novamente para o morro de onde vinha a voz de Neném; olhou e não pode acreditar no que via! Olhou novamente para constatar. No morro a sua frente a cabeça de Neném pairava feito bandeira no mastro, soberana na parte mais alta, olhando firmemente e sorrindo para ele. O sorriso expressava algo aparentemente bom; Carinho, amor, boas energias vinham daquela cabeça órfã de corpo, que agora falava sem parar, começando calma, mansamente, de forma carinhosa, passando a obscenidades e insultos...

- Vem amor; vem agora, vem gozar... Num misto de prazer, medo e estranheza, ejaculou intensamente. Primeiro tomado pelo prazer, depois pelo medo do desconhecido que o invadiu! Somente algum tempo depois, ainda entregue ao momento se lembrou de olhar o corpo sob seu. Estava sem a cabeça que agora gritava do morro. Então tentou, se esforçou, quis gritar, mas seu grito saiu mudo.

Tentava a todo custo sair dali, daquele maldito sonho, apavorado tentava, mas não conseguia... A voz calma e mansa que saia da cabeça começou imediatamente a rir de seu desespero com ar de vingança e maldade, falando mais e mais rápido, aumentando o tom desesperadamente, parecendo saber que o tempo do sonho findava agora grunhia como um porco no abate...

- Seu desgraçado, comeu de novo... Mesmo sem cabeça, após ter me degolado? Animal! Queimará no inferno, Desgraçado!!!

Congelado, sem ação, Fred olhava aquela cena tremendo. A cabeça gritava muito alto e ria desvairadamente enquanto mudava as feições passando de maldosa a sensual, de ruim, a bondosa e em todas as formas assumidas por suas faces haviam palavras que demonstravam maus sentimentos, pragas em relação a Fred, que desesperado, olhava e gritava! O grito saia invariavelmente mudo, era o som do desespero silencioso que fora parar em sua alma.

Pôde senti-la sendo marcada a ferro quente, e todo ardor latente da brasa queimando-lhe a alma como se marca o gado! Sentia como se o ferro em brasa fosse manuseado pelo capeta tatuando sob sua pele o numero da besta!

Tentava em vão fugir daquilo, mas era impossível... Sentiu sobre a pele das costas a dor profunda, aguda, quente, ardente e constante do fogo do inferno queimando sua alma.

Não aguentava mais, acreditando que desmaiaria a qualquer momento, ainda que em sonho; nesse ínterim, olhou novamente para a cabeça em cima do morro sem conseguir desviar de seus olhos, que assim como um encanto de serpente, o arrastava para o corpo a seu lado, a sua espera, como se jogado no chão.

Tomou consciência de sua nudez, se sentindo muito fraco. Sentia que desfaleceria a qualquer instante, começava a fechar os olhos, quando um olhar bondoso e desconhecido marcou para sempre sua lembrança, então, assim como nos sonhos começara a cair num tipo de buraco sem fim onde ia descendo, descendo, e descendo, até sentir abaixo de seu corpo algo palpável.

Caira sobre seu corpo agora trêmulo, tomado por incessantes calafrios e dominado pelo medo e lembranças ainda muito vivas e insistentes.

Deitado algo o incomodava, estava em meio ao frio pegajoso do esperma, quando constatou que tudo não havia passado de um pesadelo muito próximo à realidade, e que o frio que sentira não passava, parecia agora inerente ao seu corpo. Os malditos calafrios o invadiram de tal forma, que agora batia os queixos a ponto de ouvir o barulho dos dentes se chocando uns contra os outros, parecendo que se quebrariam devido à violência do atrito. Ainda deitado, decidiu tomar um banho quente e bem demorado!

O medo associado à escuridão reinante da casa a todo o momento criava a sensação de sombras e silhuetas que pareciam ser verdadeiras em sua cabeça. Ainda era refém dos calafrios, estava muito perturbado com a profundidade e aparente realidade do sonho. Em todo lugar enxergava cabeças, olhares e vozes incriminatórios lhe observando. Como se fugisse, entrou rapidamente no banheiro, acendeu a luz, fechou a porta e abriu a água do chuveiro, permanecendo sob sua pressão e calor por muito tempo. Fechou a vazão da água até que pudesse sentir o calor ardente da água sobre sua pele, só então parou de tremer, desaguando as lágrimas como se comportas fossem abertas em seus canais lacrimais. Chorou muito, chorou apavorado, sentindo um medo profundo, contudo não sentiu arrependimento... Enquanto chorava sentiu a voz aflorando novamente da garganta. Então sorriu, para logo em seguida gargalhar baixinho, se esforçando muito para não fazer demasiado barulho. O riso era a prova indubitável de que estava perturbado, denunciava o desespero, o desequilíbrio mental que o dominava aos poucos...

Perturbado como estava, ficou o resto da noite. Cheio de pensamentos em vão, misturando aos pensamentos, orações e pedidos de acordo com sua vontade, ou necessidade, crendo que seria possível fazer de sua crença uma arma, julgando-se o senhor da verdade! Agora era o braço direito do Todo Poderoso na terra. Seria a espada que cortaria do mundo a cabeça de todos os iníquos!

Em meio a orações e pedidos, não deixava de se lembrar, ainda que contra sua vontade, porém de forma insistente, no prazer sentido durante o sonho...

- Aqueles pensamentos tão mundanos, carnais, enfim, o sexo quase o dominava? Chegando a conclusão que o ato fazia muita falta em seu corpo... Justificando: Devia ser devido a idade, os hormônios, tudo enfim ia contra seu desejo de se manter longe dessa tentação, pois constantemente se flagrava olhando uma foto de mulher em pose insinuante, enfim; tudo, os filmes, outdoors e revistas. A sensualidade estava presente em tudo! E o que dizia respeito a sexo o atraia! Tentava em vão se manter na abstinência, mas, como uma droga que o mantinha escravo de seu desejo, aflorava de suas entranhas, independente de sua vontade... Era tão forte o maldito desejo, que por muitas e muitas vezes não resistia, em qualquer lugar em que houvesse a possibilidade, se masturbava. Em banheiros de conhecido, amigos da família e até mesmo banheiros públicos! Só não na Igreja.

Após longa abstinência, certo dia a tentação o levou às prostitutas. Ali, pagou pelo que desejava enquanto intimamente recriminava como sendo pecado grave, como sendo um abuso do corpo, que era o guardião da alma.

Tentou converter a prostituta a sair da vida para tornar-se uma religiosa, claro que somente após ter descarregado seu excesso de hormônios! A moça, que como dizem, era mais psicóloga que qualquer outra coisa, achou que era um desses tipos de desequilibrados mentais e por isso concordou com tudo o que dizia, por medo e conhecimento da falta de limites dessa gente; até aceitou fazer novamente com ele em nome da palavra que lhe fora ofertada...

Feliz, descarregado de seus desejos, agora se sentia novamente imune Às coisas do mundo. Sou o verdadeiro agente de Deus disfarçado de pecador, pescando almas para a causa! Esse fascínio que sinto pelo sexo está com seus dias contados. Revelou a prostituta, exemplificando com passagens Bíblicas: - Há um texto que nos diz que; se uma mão desgraça ao Senhor, corte-a! E ele, o agente de Deus cortaria não a mão, mas sim o órgão que insistia em desagradar a Deus!Disse com todas as letras.

- Onde, em qual livro está escrito? Perguntou a prostituta. Sem dar a menor importância ao que ela dizia, havia se fixado naquele pensamento, que instantaneamente invadiu-lhe o cérebro, que fixou as palavras, como se as tatuasse. A partir dali não pode mais pensar noutra coisa.

Retornando a casa lembrou-se do questionamento da prostituta.. Mateus! claro. Indo confirmar em sua Bíblia qual o versículo?

–Versículos vinte e nove, e trinta... Está aqui, não posso falhar jamais!

"Portanto, se teu olho direito te escandalizar, arranca-o e atira-o para longe de ti, pois te é melhor que perca um de teus membros do que todo o teu corpo seja lançado no inferno."

"E se tua mão direita te escandalizar, corta-a e a atira para longe de ti, porque te é melhor que um de teus membros se perca do que todo o teu corpo seja lançado no inferno."

Sim, há uma parte em meu corpo que me escandaliza Senhor! Encha-me de coragem, para arrancá-lo e para mandá-lo longe deste templo...

Os dias eram demasiadamente longos, preguiçosos pareciam fazer questão de irem lentos por birra, mal criação ou para contrariar. Um peso para Fred, que se arrastava pelas horas contando minutos, como se viver fosse o maior peso sobre suas costas.

Ao mesmo tempo em que lutava contra o relógio, pedia forças para que a coragem aflorasse em si, e a certeza da decisão fosse absoluta e irrevogável. Teria que fazer algo a respeito, se informar... Sim, teria que saber onde estava se metendo, quais as consequências, os riscos... Com esses pensamentos, se pôs a caminho da biblioteca municipal, queria saber tudo a respeito de anatomia e anestésicos, mas foi viagem perdida, pois se tratava de biblioteca pública especializada em literatura infantil e infanto-juvenil. Contudo era o início de sua pesquisa e onde encontrou as primeiras dicas sobre o que necessitava; a bibliotecária o aconselhou a procurar tais informações em bibliotecas especializadas em medicina, saúde, enfermagem ou, com sorte, em farmácias ou hospitais.

Na primeira farmácia, a primeira dica sobre o assunto foi para que procurasse um DEF – Dicionário de Especificações Farmacêuticas, que continha copia de bulas, onde encontraria a apresentação, as formas, as indicações, as interações dos medicamentos, etc. – E onde encontro tal dicionário? Perguntou Fred ao balconista da farmácia. – Em farmácia! Foi a resposta do balconista, explicando que algumas compravam o dicionário, outras não; e que o dicionário saia de dois em dois anos, e... Sobre a anatomia não poderia ajudar.

Na segunda farmácia, encontrou o Dicionário, mas não quiseram emprestar! Foi somente na quarta farmácia, sua quinta tentativa de buscar informações, que conseguiu olhar para o livro, que mais parecia uma lista telefônica, que qualquer outro tipo de livro.

– Fique a vontade meu jovem! Disse o gerente da farmácia, após engolir a mentira de Fred, que lhe disse ser para trabalho escolar. Contudo, anatomia não posso ajudar, disse. Logo encontrou em Classes Terapêuticas; Anestésicos! Eram divididas por "apresentações", soluções tópicas, solução injetável, inalante e spray. Existiam diversas marcas, mas, com a mesma formula; as mais interessantes na opinião de Fred eram a Procaína, a tetracaína e sem dúvida alguma, a melhor era a lidocaína; pois era a que mais tinha marcas e apresentações, e se havia maior número de marcas, certamente deve ser a mais utilizada, pensou.

Em meio a tantas marcas e tipos diferentes a duvida. Como saber qual o tipo se deve usar para que... Arriscou a pergunta e obteve a resposta, que saiu automática, como se respondesse tal pergunta a todo instante.

- Olhe sempre as indicações!

- Obrigado. Espera ai; ação instantânea – Indicações: anestesia local em odontologia e pequenas cirurgias... Anestesia... Hum... Por técnicas de bloqueios nervosos periféricos e tal... Plexos braquiais? Que porra é essa? – Hum! Anestesia e lubrificação de superfície da uretra... Não! Para raquianestesia hiperbárica, nossa! Indicações: Alívio temporário da dor. Não! Geleia. Não! Shiiiii só tem mais dois tipos! Essa é sem vasoconstritor. Injetável? Indicações: Anestesia local ou regional! Regional por infiltração. Acho que é essa!

- Achou o que precisava? Perguntou o farmacêutico.

- Creio que sim! Incluindo injeção percutânea?... O inicio da ação após infiltração ocorre de um a cinco minutos, isso é muito bom, é rápido. Ta, ta, ta, ah, aqui! Duração! De uma a duas horas dependendo... Deixa olhar as reações! São raras, mas pode ocorrer em superdosagem... Hipoxia? Reações do SNC incluem: dormência da língua, delírio, tontura, visão turva... Nossa quanta coisa? ...bloqueio simpático; simpático? As reações neurológicas que ocorrem com anestesia regional têm incluído: Anestesia persistente, parestesia, fraqueza, paralisia dos membros inferiores e perda do controle; que porra é isso; Esfincteriano? (nos casos mais graves, choque anafilático). Deixa ver... Interações não há! Sim, posologia e modo de usar – Aqui não explica nada! Acho que quando não sentir mais nada, é que está pronto para a cirurgia! Teoricamente estou certo! – Desculpe dona Lidocaína Spray, da senhora não preciso! Pensou com bom humor, enquanto anotava tudo no caderno.

Irradiando felicidade, Fred agradeceu ao farmacêutico e já ia se retirando, deu meia volta, se lembrara de perguntar como poderia comprar um fraco da lidocaína injetável?

Respondeu o farmacêutico mais por acreditar ainda se tratar de pesquisa escolar; Meu jovem; esse fármaco é vendido em caixas com vinte e cinco ampolas, e somente sob encomenda! Se precisar posso encomendar? Mas, o que alguém pode querer com tanto anestésico, se não é médico, dentista?

Sem saída e com medo de se denunciar, Fred disse que a pergunta fazia parte da pesquisa de biologia que estava fazendo e que, se a professora resolvesse, ele voltaria ali e encomendaria o "fármaco" para toda a sala, ocorrendo-lhe a grande ideia de justificar; Sabe como é? É para cortar sapo. E o senhor foi muito legal, por isso, se a professora quiser, volto aqui; ta bem? Completamente convencido e visando uma nova venda, o farmacêutico sentiu-se aliviado; entendo e agradeço! Disse agora demonstrando pouco interesse no assunto, imaginando que aquela era uma venda perdida.

Dois dias depois, voltou àquela mesma farmácia para encomendar o anestésico. Achou extremamente caro, contudo, deixou um sinal em dinheiro, se comprometendo a voltar dali a uma semana, quando fossem utilizar nas aulas de biologia. Feliz, o farmacêutico anotou a encomenda, acreditando estar encaminhando alguns jovens para o campo da ciência ao mesmo tempo em que efetuava a venda do que chamava "mosca branca", que trocando em miúdos, quer dizer: coisa rara.

Foi extremamente difícil para Fred conseguir o restante do dinheiro, cerca de sessenta cruzeiros. Porém, ainda que não soubesse ou tivesse onde conseguir mantinha-se confiante. Em sua mente, como um disco riscado a insistente mensagem: Deus proverá; Deus proverá; Deus proverá...

Com a proximidade do dia combinado para ir buscar o anestésico encomendado, orou como sempre fazia, com olhos vigorosamente fechados e após certo tempo, abria a Bíblia, colocando o dedo aleatoriamente sobre o texto, em seguida leu: *"lembra-te, pois do que tens recebido e ouvido, guarda-o"* não terminou de ler sentindo-se extasiado! Olhou o livro; era Apocalipse 3:3.

Abriu novamente, outra página, estava eufórico, leu em Ezequiel, final do versículo Trinta, onde seu dedo parou: *"... e a iniquidade não vos servirá de tropeço."*

Aquelas mensagens iam de encontro Às suas necessidades, por isso, sentia-se especial, exultante... Da maneira como iam surgindo os textos, desejava continuar, era um alento em sua vida, a certeza de que tudo o que fazia era correto. Por fim, ainda olhou o capítulo dezoito, mas não prosseguiu na leitura, se despreocupou com todo o resto, tinha a certeza de que tudo estava sob o comando de forças superiores; se tivesse continuado, no versículo trinta e um, e trinta e dois, talvez depois de ter lido mudasse de ideia...

"Lançai de vós todas as vossas transgressões com que transgredistes e criai em vós coração novo e espírito novo; pois, por que morreríeis, ó casa de Israel? Porque não tenho o prazer na morte de ninguém, diz o Senhor Deus. Portanto convertei-vos e vivei."

Com a desculpa de que acamparia com alguns amigos da comunidade pertencente a igreja, conseguiu o dinheiro suficiente para acabar de pagar a farmácia, usando a mesma desculpa para de ausentar alguns dias de casa.

Graças a Deus; que tudo vai bem! Disse ao olhar para o céu, que àquela hora estava repleto de um brilho dourado devido ao sol muito forte do dia. Notava-se o azul claro e branco com nuances douradas se olhado na direção do horizonte, Parecendo que o dia seria eterno e que a noite jamais retornaria àquele céu.

A mochila ia, aparentemente, cheia demais. Dentro dela, pijamas, cuecas, meias e uma caixa de lidocaína injetável e um saco plástico contendo três seringas de cinco ml agulhadas.

- Divirta-se filho; e juízo nesse acampamento! Foi o que disse inocentemente sua mãe.

Na rua, andava parecendo ser um gigante, sentindo-se como tal, e pior que isso, era visto como tal, pois Sua felicidade era radiante, contagiante, sendo percebida e sentida inconscientemente por onde passava. Aguardava o ônibus e orava mentalmente. Pedia perdão por suas mentiras, justificando que eram para finalidade de sua obra, e isso justificava tudo! Pensava...

Dentro do coletivo, em direção ao centro, olhava a paisagem urbana, as portas dos comércios abertos; as via como enormes bocas de bichos devoradores que ficavam esperando suas vitimas, os clientes! Mudava o prisma e olhava os que entravam porta adentro enquanto brincava pedindo que saíssem dali ou seriam devorados! Então ria de suas brincadeiras, ria baixinho de forma quase inaudível. Um risinho secreto como o das crianças que brincam em seu mundo particular. Agora era uma dessas criancinhas, brincando em seu mundo particular... Bem baixinho para não ser atrapalhado pelos outros passageiros do ônibus.

Sua ida foi rápida, bem menos que o esperado, talvez por se deixar levar pela imaginação! Olhava os prédios a sua volta, eram muito frios, em sua maioria cinzentos e impessoais.

- Como são altos esses prédios! Sussurrou.

Ao chegar no centro, como se vivesse ali por toda a sua vida, caminhou com passos decididos rumo ao desconhecido. Parou bruscamente, se situou e se dirigiu a banca de jornal, assim que a avistou, pois sabia ser o melhor centro de informações.

- Moço; onde fica o hospital público aqui perto? Rapidamente, como um autômato e sem olhar seu inquiridor, o jornaleiro indicou com um bico a rua a sua frente, dizendo: Siga em frente, segunda à direita. Da mesma forma, Como um autômato, seguiu as ordens do jornaleiro, indo parar em frente a um conjunto de construções, onde havia um prédio aparentemente muito antigo, muito largo e com no máximo seis andares. A seu lado mais um prédio, que parecia ter sido outrora, várias residências e um complexo de prédios menores. Parou em frente ao prédio maior, devia ter uns vinte e poucos metros de altura e um comprimento exagerado. Fred calculou uns quinhentos metros. Olhou o pátio em volta, estava cheio de passantes, como se cheio de formigas. As pessoas iam e vinham como se atordoadas ou perdidas, com olhares distantes, perdidos nalgum ponto inexistente, em sua grande maioria parecendo estarem muito perturbadas, atordoadas ou simplesmente preocupadas.

Em seu primeiro contato oficial com o hospital, percebeu o total descontrole na portaria; talvez pelo tamanho do prédio, e quem sabe houvesse um maior controle nas portarias internas, dentro dos andares, nas enfermarias... Seguiu a maioria das pessoas, rumo ao pátio interno e entrou num enorme saguão, onde havia várias salas de espera, aparentemente para aguardar os médicos. Passeou por corredores, subiu e desceu muitos lances de escadas. No que parecia ser o fim dos degraus, mais algumas escadas, indo parar no necrotério do hospital, onde algumas pessoas choravam, enquanto outras muito sérias ou muito pálidas, parecendo estátuas de pedra amarela, olhavam para os cadáveres, parecendo estarem olhando para algo longínquo, algo aparentemente perdido para sempre. Observando aquelas pessoas foi sentindo um arrepio subindo lentamente pelo corpo, talvez pelo clima frio do necrotério... Pensou.

O frio que vinha das câmaras frias, em que vários cadáveres aguardavam os tramites legais para serem liberados e finalmente enterrados ou cremados? Mas, o que realmente desagradou a Fred, fora o peso do ar, pesado pelo misto de éter e clorofórmio, quase irrespirável. Somente os funcionários pareciam estar se sentindo bem, mesmo assim com algumas reservas.

O clima mórbido o fez subir as escadas sentindo aos poucos, na medida em que aumentava a distancia do necrotério, um alívio inexplicável, até que, como mágica, não lembrava mais do lugar onde esteve há apenas alguns minutos!

No andar térreo, descobriu uma salinha simpática com vários bancos coletivos, parecendo-se muito com os bancos de sua igreja. Entrou na salinha simpática, olhou ao redor e viu quatro portas fechadas, e lá de dentro, ouviu um chamado e em seguida o dono do nome se levantou e entrou na sala, ficando lá dentro, não mais que cinco minutos. Ao sair das quatro salas, só havia dois caminhos: ou iam com a receita para a enfermaria, onde eram imediatamente medicados, ou iam direto para a porta de saída.

As fichas eram sobrepostas por ordem de chegada, tornando assim o atendimento médico o mais democrático e justo possível. A fila ia da esquerda para a direita, até o final do banco; depois da direita para a esquerda até o final do banco, e assim sucessivamente por umas seis fileiras de bancos, que deviam medir uns dez metros cada banco. Aquela mecânica de atendimento o impressionou e encantou. Ficou ali, parado por longo tempo olhando o funcionamento daquele sistema de atendimento. Comparou as pessoas às pernas de uma enorme cobra, que ia se arrastando lentamente. Após longo tempo espreitando, perguntou a uma funcionária onde ficava o banheiro. Educadamente e sem dar importância alguma a pergunta, aparentemente tão normal, a moça indicou o local; ele sorriu em agradecimento e Pensou "Se ela ao menos sonhasse com minhas intenções, jamais me mostraria o banheiro..." Por dentro o local era um enorme retângulo. Três pias na frente de três portas permanentemente fechadas, como se as privadas permanecessem o tempo todo ocupadas, mas, era só experimentar empurrar uma delas, para se escancararem como se convidasse a pessoa para que adentrasse e ali permanecesse um pouquinho. Era como uma súplica velada, um convite à finalização de seus planos.

Sentado no vaso sanitário, Fred abriu sua mochila, pegou o envelope e a esferográfica para redigir o bilhete. Seria direto, incisivo como um cirurgião! Pensou, fazendo galhofa.

Depois de alguns minutos sentado, sorriu se lembrando o quanto era ruim em redação, então, levantou a cabeça e riu do que lia num adesivo afixado na porta, Dizia: - Oi, tudo bem? Ao usar o banheiro, não jogue o papel na privada, dê descarga, etc.

Levou meia hora para redigir o simples bilhete. Conferiu a última vez, dobrou o papel, colocou cuidadosamente dentro de um envelope pardo, então pegou a cola e terminou o processo lacrando o envelope. Saiu do banheiro, analisou aquele local concluindo que era perfeito para seus planos. Olhou novamente aquela fila de pessoas sentadas, arrastando a bunda de pouco em pouco. Mudou radicalmente de opinião e achou ridículo aquilo! A chamada nada tem a ver com o lugar que a pessoa se encontra fila! Pensou para si... Arrependeu-se do que pensou, pois notou que o sistema era realmente eficiente, pois jamais alguém era chamado antes ou depois de sua vez, seguindo a ordem em que estava sentado.

Decidido, fez cálculos presumindo que se estivesse na fila agora, seria chamado dali a mais ou menos uma hora e meia até no máximo duas horas, quando o anestésico ainda estaria fazendo efeito... Achou melhor antecipar o serviço, antes se entregou a oração, com os olhos fechados fortemente: Senhor; entrego-me em Tuas mãos e que seja feita a Tua vontade!

Lentamente, colocou a mochila num canto, olhou para o rosto das pessoas que aguardavam serem atendidas. Pela primeira vez sentiu pena daquela gente, achando que eram realmente muito sofridos. Olhou de forma geral, procurando simpatia nalgum rosto. Era a águia a procura da presa; teria que dar o bote certeiro, então, uma simpática senhora sentou-se no fim da fila e como se conhecesse de longa data, sorriu cordialmente o cumprimentando. Com enorme simpatia, retribuiu ao cumprimento, sentando-se ao seu lado para ouvir a historia de sua vida.

Em certo momento, se envolveu dando conselhos e tentando converte-la aos caminhos da fé, e quando deu por si a fila havia se adiantado bastante.

Com toda educação e simpatia cabíveis em seu ser, pediu a doce senhora que entregasse o envelope lacrado ao médico, inventando uma história a cerca de bom atendimento e rapidez feito pelo hospital, frisando que o médico deveria abrir o envelope em sua frente, para ser constatado o tempo de atendimento, ou seja; o tempo que se leva para se atender um paciente e quanto tempo o paciente fica esperando na fila.

- A senhora entendeu? Dizendo que sim, a mulher jurou que não se esqueceria de entregar o envelope. Fred calculou em uma hora o tempo que tinha disponível! Despediu-se da recém-conhecida e foi direto para o banheiro, entrou, olhou bem e escolheu a privada do canto.

Fechou a porta e caiu de joelhos em oração. Pediu com toda a fé que acreditava possuir, a coragem que necessitava para o que precisaria fazer. Se te envergonha, arranca-o fora...

Um minuto se passou em silencio total, como se o cérebro houvesse parado com o tempo, talvez pelo medo do ato invasivo que iria cometer contra si, e por consequência, contra a morada do espírito.

- É em teu nome que faço isso, e sabes como me custa, sabes bem... Pela última vez, manda um sinal a teu filho que teme, mas, que irá até o fim se for Tua vontade?

Instantaneamente, como se o céu se abrisse, a mente de Fred projetou sobre seu consciente o que sua demência lhe pedia e admitia como sendo a vontade superior, agora irrevogável.

"[9]Portanto, se teu olho direito te escandalizar, arranca-o e atira-o para longe de ti, pois te é melhor que perca um de teus membros do que todo o teu corpo seja lançado no inferno".

"E se tua mão direita te escandalizar, corta-a e a atira para longe de ti, porque te é melhor que um de teus membros se perca do que todo o teu corpo seja lançado no inferno." Sim eu sei. Concordava com seus pensamentos, enquanto lágrimas saiam quentes, em abundancia de seus olhos. Associado Às lágrimas calafrios, enquanto um forte tremor invadia o corpo e os ossos, parecendo que jamais conseguiria novamente parar aquele tremor.

Sentou-se na privada e baixou lentamente as calças e cueca, deixando à mostra seu pênis e seus testículos flácidos, como se entristecidos pela decisão tomada por seu senhor e dono. O zíper da mochila ia tecendo seu som característico ao ser aberto, quando ouviu o barulho de duas pessoas conversando no banheiro. A

---

[9] Mateus – 5:29,30

vergonha de tal ato e a mistura de sons o fez calar-se, suprimiu a respiração até que se sentisse seguro de não emitir nenhum barulho. Sentia medo de ser descoberto antes de concretizar seu ato. Os dois intrusos se foram e relaxou. Agora mais senhor de si, acabou de abrir o zíper, pegou as seringas e a caixa com vinte e cinco frascos de anestésicos.

Doutor Abdul era um desses médicos, aparentemente bem vividos, de cabeça branca e meio calva, com voz firme e suave ao mesmo tempo. O tipo de médico que inspira confiança e simpatia nos pacientes! Totalmente contra a medicina como fonte inesgotável de riqueza, abria mão de seu precioso e disputado tempo em salas de cirurgia, para realizar um sonho pessoal e pagar uma dívida contraída com seu pai há anos atrás. Todo o dia se lembrava das palavras ditas ao pai em seu leito de morte: Ajudar os necessitados...

- Que Alá o tenha!

Abdul havia prometido ao pai, que por toda sua vida, dedicaria parte de seu tempo diário e conhecimento adquirido para ajudar os menos favorecidos, era isso o que fazia ali, naquele hospital público, onde, certamente poucos dos milhares de pacientes já atendidos por ele, teriam condição de arcar com o custo do tratamento. Começava pelo preço de sua consulta, que além de tudo era disputadíssima, tanto que já há alguns anos não tirava mais que alguns dias a título de férias, depois o custo dos medicamentos, exames, intervenções cirúrgicas e por ai a fora...

Poderia se dizer sem sombra de dúvidas, que o doutor era o médico mais querido e respeitado como ser humano e como profissional, não somente ali, naquele hospital público, como também em seu meio profissional, por onde transitava como se fosse um super star da medicina. A priori por sua simpatia e honestidade constante, depois por não se importar em dividir e ensinar os segredos profissionais adquiridos com anos e anos de prática a qualquer outro colega, e por fim por ser um cavalheiro que dispensava invejosos e bajuladores educadamente, quase sem ser percebido.

Em frente ao carismático Doutor Abdul a simpática paciente relatava seus problemas, suas dores e todos os traumas de sua vida. Ele escutava, analisava e respeitava a carência afetiva por que passavam uma grande parte de seus pacientes, tentando como um bom amigo ajudar, ainda que fosse com uma palavra amiga.

Por várias vezes, ainda que contra a vontade e sem intenção, se pegava fazendo confissões sobre sua vida, suas necessidades humanas a estranhos. Depois, invariavelmente, ria da situação.

Lembrava-se disso naquele exato momento e ria com a mulher extremamente simpática sentada à sua frente. Deixou que a paciente desaguasse tudo o que necessitava, então a examinou, presenteando-a com uma receita de complexo de vitaminas B.

- Tome esse remedinho da maneira que lhe expliquei, e verá como vai melhorar!

Feliz da vida, a mulher saiu porta a fora, enquanto o doutor Abdul chamava outro paciente... Já ia rumo à saída, quando deixou cair o envelope que Fred havia lhe confiado, sendo auxiliada pelo jovem guarda na portaria.

- Meu Deus, esqueci do bendito envelope! Agradeceu ao guarda e voltou imediatamente ao consultório com o envelope na mão direita. Bateu na porta e pediu licença ao médico, tentando explicar de maneira um tanto confusa sobre o envelope e sua função, que o rapaz, um funcionário do hospital havia deixado com ela e sobre sua responsabilidade de entrega-lo ao médico...

Já estava começando a disparar o falatório novamente, desta vez sendo interrompida gentilmente pelo doutor Abdul, que recebeu o envelope mais para dispensá-la, agradecendo novamente e pedindo que se retirasse. Desta vez, porém, saiu calada como se tivesse entrado em sala errada.

- Bom; pelo menos fiz minha parte! Disse para si mesmo, e foi embora. Somente após atender mais dois pacientes é que o doutor Abdul se deu conta de que havia se esquecido do envelope. Detestava a parte administrativa do negócio de saúde, e por isso olhou o "controle de horário de atendimento!" Mais curioso, que por qualquer outro motivo, pegou o envelope e analisou a situação e o papel em suas mãos.

- Jamais ouvi falar em coisa semelhante, isso aqui não é banco? Olhou novamente para o envelope curiosíssimo e pensou "A curiosidade matou o gato!" Riu e decidiu-se a abrir o envelope surpresa, que tinha certeza não se tratar de alguma norma nova da administração. Enquanto abria, despedia-se do paciente pedindo-lhe que encostasse a porta ao sair, só então pode ler o bilhete escrito a caneta:

- Oi tudo Bem Senhor médico ou médica? Esteja com Deus! Este bilhete é para informar que nesse exato momento, tem um rapaz ensanguentando no banheiro deste andar, e que não existe culpa de ninguém quanto ao que aconteceu.
Foi a vontade e a mão do Pai Eterno!
Grato pelo socorro;
Fred.

Primeiramente não acreditou. Olhou o envelope que foi muito bem lacrado e pensou na hipótese de ser brincadeira de mau gosto... Como era homem sensível e costumava acreditar em seus sentidos, e eles naquele exato momento lhe pediam para verificar aquilo... Resolveu ir ao banheiro!

Pensou por alguns instantes, concluindo que, numa situação como aquela poderia haver algum tipo de surpresa, afinal, o mundo é cheio de malucos, concluiu.

Decidido, primeiro foi à portaria pedir ao segurança que o acompanhasse.

Em frente o banheiro, o segurança se sentiu importante, e por isso entrou primeiro. Estava tudo muito quieto!

- É doutor; parece que não tem ninguém aqui! Disse o segurança sem nem ao menos empurrar as portas dos banheiros.

- Espera ai homem, que pressa é essa? Disse enquanto empurrava as portas dos banheiros, que foram se escancarando ao serem tocadas por suas mãos. Ao chegarem à terceira porta, o primeiro indício de que havia algo errado: A porta não se abriu como as demais. Imediatamente questionou:

- Quem está ai? Abra a porta, por favor! Como não houvesse resposta, o guarda informou que provavelmente alguém dormia ali, o que era comum acontecer; argumento que não foi aceito pelo médico, em posse da carta.

- Estou meio velho para isso! Disse ao segurança. – Por favor, meu filho, olhe por cima da porta e veja o que está acontecendo. Meio a contra gosto, entrou no banheiro ao lado e elevou o corpo flexionando os braços como se fizesse exercícios, enquanto usava o vaso sanitário como apoio. Mal olhou para dentro do banheiro e desceu, amarelando, ficando pálido, e começando a descer, desfalecendo, descendo até o chão enquanto ia desmaiando lentamente, em câmera lenta.

Foi o tempo de o médico apoiar seu corpo, sendo seguro pelos colarinhos, na medida do possível, para evitar uma queda brusca.

Olhando aquele homem deitado a sua frente, meneou a cabeça em tom de reprovação, com a certeza, no entanto, que não viera até ali à toa, havia lebre naquele mato. Agora era obrigado a cuidar daquele moleirão!

Após verificar que não passava de uma queda de pressão, provavelmente devido ao medo, virou-se para finalmente ter certeza de que algo grave estava acontecendo. Um fio de sangue vivo vinha lentamente na direção do segurança desmaiado, confirmando o motivo de seu desmaio.

A porta do banheiro foi arrombada por outro segurança, muito mais forte e menos sensível ao contato com sangue. Ao seu lado, Imediatamente dois enfermeiros colocaram Fred sobre a maca, e ali mesmo o doutor Abdul lhe prestou os primeiros socorros, indicando cirurgia de urgência.

- Infelizmente não poderemos nem ao menos tentar reconstituir o órgão doutor. O banheiro havia sido revistado com muita atenção e nada fora encontrado. Informou o auxiliar já na sala de cirurgia.

- É uma pena! Rapaz tão novo... Disse doutor Abdul quase sussurrando.

- Novo e louco; cortou-se com um canivete bem afiado e ainda deu descarga... Que coragem. Uh! Disse a enfermeira.

- O único consolo, é não ter sentido dor; se é que isso é consolo? Disse outro auxiliar.

- É... A quantidade de anestésico que ele se aplicou foi enorme; nem sei como não teve um choque anafilático ou parada cardíaca? Comentou o anestesista.

- Bom; não corre mais perigo, e o que se podia fazer, fizemos! Doutor feche da melhor maneira possível, por favor! Preciso sair agora... Disse o doutor Abdul.

Após a cirurgia, chegando a sua sala, o doutor Abdul pegou o telefone, ligou e cancelou todos os compromissos pelo resto do mês, jurando que sairia de férias...

Após a castração Fred se recuperou rapidamente. Contudo, sem documentos, diante da assistente social, do psicólogo e do psiquiatra ele se negou a prestar maiores esclarecimentos, se portando muitíssimo bem, com lucidez, como alguém que teve problemas, vivera uma crise, mas que tinha consciência de que a resolução de seus problemas dependia de tratamento, aceitando toda a ajuda oferecida, se portando como uma ovelha que aceita ser arrebanhada, o que convenceu a todos.

Foram feitos exames e esgotados os procedimentos possíveis num caso sui-generis, como aquele e como o paciente não tinha identificação, após sua recuperação plena foi liberado para voltar às ruas, como indigente, no quinto dia após ter sofrido a cirurgia, e qual não foi sua surpresa, acompanhada de um sentimento de extrema felicidade, quando ao passar por uma banca de jornal e olhar na capa de uma revista, a foto de uma linda ninfa quase que nua em pelo? Parou, ficou observando, esperando algum resultado, e nada, absolutamente nada. Não sentiu absolutamente nada! Era como se olhasse um objeto desinteressante, incurioso, sem vida, um automóvel comum, um talher de inox sobre a mesa, uma árvore, uma pedra no chão, qualquer coisa! Havia vencido a maldição da luxúria, o diabo do sexo, e pensou "Senhor estou curado..." Enquanto olhava sob sua calça o baixo volume, aparentemente hibernando, sem o mínimo sinal do que já fora, e agora não passava de um órgão sem vida, um simples apêndice de seu corpo.

LIVRO II

Percival

Enquanto aguardava o parceiro, que parecia ter criado raízes dentro do carro e sobre aquele banco, Percival pensava no futuro...

Os anos haviam passado muito rápido, não tivera tempo de sequer perceber a passagem do tempo. Se olhava como se a muitos anos não se observasse e de repente encontrasse em sua frente outro Percival, tão estranho era a situação naquele momento que sentia como se não os tivesse vivido os anos que sua aparência denunciava.

Saudoso de sua juventude recordava-se agora de sua cabeleira, de seus óculos escuros *Ray-ban*, sua fibra juvenil, os bailes, as namoradinhas, a falta do sexo em sua vida, a inocência... Como era bom ser inocente, pensou.

Após alguns momentos, murmurou, bons tempos, bons tempos. Disse aos seus botões na falta de melhor companhia.

Da juventude, o pensamento vagava por caminhos ainda inexistentes. Sonhava com uma promoção de cargo e uma boa melhora nos vencimentos. Seus planos eram de aposentadoria com casa em frente ao mar, sossego, praia e uma cerveja gelada... Sabia que merecia e trilharia o caminho em busca do reconhecimento tardio, melhor tarde que nunca, repetiu o dito popular.

Preciso me preparar para o futuro! Preciso garantir um ganho razoável para manter a mim e a Marilia-vaca! Pensava enquanto se divertia com o tratamento dado a companheira.

89

Com o passar dos anos, sua profissão, fora aos poucos, a grande vilã de sua personalidade, transformando aquele que sempre fora boa gente, sensível, atencioso, num ser que, vendo tantas atrocidades, crimes, enfim, aqueles acontecimentos terríveis de perto, fora endurecendo.

Seu coração outrora tão compreensivo, agora era duro e impiedoso. Sua personalidade mudara, tornando-o desconfiado, incrédulo na palavra e na bondade do homem. Olhava para todos com cara de desconfiança, deixando explicito que não confiava no que ouvia, nas atitudes ou palavras que lhe eram dirigidas.

- Mudei por força da natureza humana, e hoje, não me iludo com os outros, com suas conversas, atitudes suspeitas e falsidades... Dizia Percival aos poucos que ainda insistiam e tentavam se manter em suas proximidades. Desconfiava o tempo todo de Marilia, sua companheira, que repetidas vezes lhe jurava amor eterno em meio às suas promessas de vingança em caso de traição. Extremamente ciumenta e corajosa, era única mulher que conseguira aguenta-lo, talvez por trata-lo reciprocamente, com as mesmas promessas de vingança em caso de traição.

Impaciente com a demora do parceiro, Percival passava de uma cara carrancuda de poucos ou nenhum amigo, para uma feliz, rindo alto, chegando a escorrer lágrimas dos olhos, feito um doido, enquanto se recordava de Marilia e sua eterna bagunça em casa, meio voada e desligada do mundo. Amava aquela vaca.

Ao contrário do que deveria acontecer, Marília não achava ruim suas visitas surpresas, ao contrário, implorava para que ficasse com ela o resto do dia, poderiam quebrar a rotina, ir ao cinema, parque, motel, qualquer coisa!

Feliz da vida, ele bronqueava, injuriava e ameaçava, fazendo-se de durão com o coração palpitando, retumbando quase pulando fora do peito de felicidade. Totalmente indiferente às suas palavras, como se sofresse de surdez ou tivesse ouvidos seletivos, que só ouvissem o que lhe interessavam, Marilia tapava-lhe a boca com a sua, enquanto apertava sua bunda dizendo em seguida: Ô homem bravo!

Não tinha dúvida alguma de que havia se juntado com a mulher mais desorganizada que jamais existira no mundo, e se não fosse falsidade; a mais louca e apaixonada também?

Perdido no abraço sentiu-se feliz por ter chegado a essa conclusão. Em seguida, sem ao menos experimentar com maior profundidade o sentimento, mudava o rumo dos pensamentos, ficava presente de corpo com a cabeça longe, em preocupações futuras, problemas inexistentes, situações irreais, etc. Voltava os pensamentos aquelas coisas que ultimamente era prioridade em sua cabeça, como a questão financeira após a aposentadoria e o que faria para ser promovido? Percival pensava, pensava e pensava; era só o que conseguia fazer ultimamente.

Em meio aos devaneios, olhou para a agencia bancaria e deu de cara com o parceiro vindo em sua direção.

- Graças a Deus! Disse de forma que seu parceiro, Murilo, pudesse ouvir.

- Tenha fé homem; que o mundo não acaba hoje! Disse o parceiro em meio a gargalhadas. Mal entrou no carro, o rádio disparou, fechou a porta e ouviu com atenção.

- Viaturas na região sul, averiguar provável homicídio...

- É conosco! Disse Murilo, enquanto se comunicava via rádio com a central.

- Central, aqui é CJH1218, estamos na sul, podem nos dar o QTH? (Endereço, localização)

- CJH, um momento, que estão chegando QUA. (Notícias)

- TKS (Grato) central, aguardando QSL (Confirmação, Compreendido, Compreendeu).

- Atenção CJH! Segundo informações, a localização é Rua Antunes Guimarães, altura do número mil e oitocentos da Rua Pedro Star num terreno baldio QSL?

- QSL central – Viatura CJH1218 a caminho. TKS. Agora é com a gente, acelera!

Quanto mais a viatura ia entrando na periferia, maior o numero de construções semiacabadas, em construção, ruas sem asfalto e cheias de gente trafegando, como se as ruas e não as calçadas fossem o único lugar vago para aquelas pessoas caminharem.

Ali na periferia o estranho fenômeno cultural entre os pedestres que insistem em andar sempre no meio da rua, jamais nas calçadas atravessa décadas. O motivo, aparentemente desconhecido até hoje, são as irregularidades causadas pelas máquinas, que desnivelavam a rua deixando as casas mais altas que a rua, e por isso, degraus são feitos nas calçadas para facilitar a entrada do morador em sua casa.

Como imaginavam Murilo e Percival, a rua pouco povoada estava ainda sem calçamento, sem iluminação pública e saneamento básico. Ia se tornando mais e mais estreita, porém, logo puderam distinguir o que procuravam.

Ainda longe visualizaram um grupo razoável de pessoas formando um semicírculo. Parados como se houvessem descoberto um tesouro, aquele grupo era o sinal de terem chegado ao local da ocorrência. Alguns bem próximo outros mais distantes, dependendo da tolerância ao sangue ou às fortes imagens detectadas pelo cérebro, que em muitos casos rendia várias noites em claro.

— Rua Pedro Star, chegamos, e somos os primeiros hem... Indagou Murilo.

Os pensamentos de ambos se dirigiam ao mesmo ponto, parecendo terem sido previamente combinados, mas, na verdade o que os levava a pensarem da mesma maneira, era experiência dos anos passados presenciando diariamente os horrores das ruas, o que tornava aquelas cenas rotineiras, corriqueiras, banalizando a violência em suas vidas. Aquela realidade demasiadamente explorada pela mídia e pouco mostrada como realmente se deveria.

- O que nos espera parceiro? A pergunta feita por Murilo era praxe, não merecendo resposta.

- Vamos lá rapaz! Disse Percival, já descendo da viatura com a arma na mão enquanto observava a todos com olhar aguçado, olhar de águia que não deixaria passar despercebido um mínimo movimento suspeito de quem quer que fosse. Eram os anos de experiência.

Aparentemente os observadores e curiosos pareciam estar realmente assustados ou chocados com o que viram, contudo, apesar do choque, ficavam próximos do local como se um imã os puxasse. Alguns mais impressionados com a cena choravam parecendo serem da família, enquanto que a grande maioria comentava em voz baixa o acontecimento, fazendo um ruído indecifrável e constante que mais parecia um tipo de sussurro macabro, onde os mais desapegados aos acontecimentos saiam primeiro para espalhar a notícia, que se espalhava feito pólvora acessa, com um detalhe a mais aqui, uma vírgula ali, e quando se dava conta, os fatos estavam totalmente destorcidos ou reinventados a história com requintes de crueldade, duplicação de cadáveres, novos fatos e por ai a fora.

- Vamos abrir pessoal... Vamos organizar isso aqui! Disse Percival. Quem pode me dar alguma informação, viu alguma coisa, ou ouviu, se aproxime, por favor, aqui, com calma, um de cada vez!

Era sempre assim, não importando o fato, se houvessem populares, continuava dizendo tudo o que sempre dizia, o mesmo discurso decorado, como se ensaiado, mecanicamente, não importando o ocorrido, as palavras iam saltando de sua boca. Quando finalmente pode olhar para o cadáver sobre uma enorme poça de sangue endurecido, mais parecendo uma enorme geleia de morango, se abismou com o que via.

- Meu Deus... Onde está a cabeça dele? Disse para si sussurrando num misto de nojo, repugnância e curiosidade, associadas à incredulidade, então aumentou o tom de voz, repetindo a pergunta o que seria cômico, não fosse a situação delicada.

- Alguém sabe onde está ou viu a cabeça desse cidadão? Primeiro ouviu mais longe um misto de risos, provavelmente devido ao nervosismo, ao sentimento de insegurança provocada pela cena. Aos poucos, o que era um intermitente sussurro foi se tornando lentamente o mais puro silêncio, até que tomou conta daquele lugar, como se de repente as pessoas houvessem se conscientizado da gravidade dos fatos.

Somente após o silêncio geral, Murilo se aproximou com a inseparável prancheta em suas mãos. Olhou para o parceiro que estava chocado, não pelo fato de estar diante de um cadáver, mas pelo cadáver estar sem a cabeça. Então, automaticamente, buscando identificar o motivo, baixou o olhar e pode comprovar o motivo de ver no rosto do parceiro aqueles sinais de rejeição aos fatos: o corpo sem a cabeça, mais parecendo cena de filme de terror barato que propriamente a cena de um crime. Sem poder se controlar, suspirou profundamente, deixando escapar um Meu Deus! Repetindo o questionamento do parceiro sobre onde estaria a cabeça pertencente àquele corpo. A pergunta saíra de forma irracional, sem ao menos pensarem no fato...

Após doze horas de terem relatado via rádio a ocorrência à central, chegou a policia técnica, estavam acabados física e psicologicamente. Foram doze horas de plantão em volta de um cadáver sem cabeça e com uma quantidade de curiosos crescente chegando, o que lhes rendeu trabalho mais que dobrado, enquanto faziam papel de vigia para a melhor preservação do local. Após a chegada da perícia ainda ficaram até a remoção do corpo, assistindo toda rotina: Primeiro marcaram o chão, fizeram diversas fotos em várias posições e olharam tudo em volta do corpo. Até darem por concluído o serviço, então, fizeram o relatório, que provavelmente seria apresentado às autoridades:

*"Homem branco de mais ou menos dezoito anos encontrado na Rua Pedro Star s/n, em terreno baldio, sem documentos, aparentemente, sem sinais de violência física, **o cadáver encontra-se sem a cabeça**; parecendo ter sido degolado por objeto cortante afiado, porém de corte impreciso! – Observação: A cabeça do mesmo não foi localizada nas imediações!"*

Algumas horas depois, quando já passava da meia noite, o carro do Instituto Médico Legal chegou para retirar o corpo, e somente após irem embora, é que Murilo e Percival foram liberados pela central. Foram para a delegacia, onde apresentaram o relatório da ocorrência. Estavam exaustos, calados e sem ânimo para qualquer coisa que não fosse uma boa noite de sono.

Em casa, Murilo dormia como se tivesse desmaiado ou morrido, enquanto Percival, após ter chegado a sua casa e tomado um banho excessivamente quente, fora invadido por uma enorme insônia.

Ao deitar-se Marilia despertou com o toque inesperado, imediatamente o abraçou ternamente, voltando a dormir em seguida, o que foi encarado como um ato divino e por isso, ficou grato, pois estava sem cabeça para sexo, conversa e essas coisas naquele momento.

Com olhos fechados e a mente desperta, os pensamentos iam se misturando em sua cabeça que traia sua pose de banalização dos fatos. Na verdade ainda estava muito impressionado, e aos poucos se ia rememorando detalhes das cenas do crime bizarro presenciado naquele dia... Ao mesmo tempo os problemas pessoais, desejos materiais e medos futuros se misturavam, fazendo com que mudasse o foco de seus pensamentos rapidamente. Agora analisava sua situação financeira atual visualizando a tão sonhada aposentadoria, fazendo de seu cérebro um verdadeiro tumulto de preocupações.

Futuro de merda, aposentadoria, merda! Tenho que garantir um ganho extra no futuro, se não eu estou ferrado, merda, merda! Seus pensamentos lhe indicavam o frustrante caminho do futuro, e não conseguia pensar numa saída para a situação. Deve existir... Uma forma! Preciso descobrir algo que eu possa fazer... Marília se mexeu novamente na cama, soltando um gemido, que lhe chamou a atenção e roubou seu pensamento momentaneamente.

Olhou para Marília, estava com as costas descobertas. Por instantes se dedicou totalmente a ela, enquanto carinhosamente lhe cobria, tomando o maior cuidado para que não despertasse.

Inocente, dormindo feito um bebê, aquela mulher... Mal completou os pensamentos e voltou a pensar no futuro, deitou-se de bruços e ficou quieto esperando que o sono viesse.

No dia anterior ao crime presenciado por Percival e Murilo, no horário em que a maioria da população normalmente dorme, um rapaz andava pelas ruas como se procurasse algo, observava tudo com muita atenção, cada detalhe por onde passava. Carregava uma sacola de plástico grossa, com propaganda de loja de departamentos com o que poderia ser uma abóbora moranga, um abacaxi, uma melancia pequena ou algo assim... Devido ao peso e ao formato, também poderia ser confundido com uma bola de futebol de salão, nas sombras da noite, quando tudo pode ser o que se pensa, ou esconder o que não se imagina...

O rapaz olhava com extremo cuidado para os quatro cantos por onde passava, como se procurasse um lugar específico, ou algo especial.

Depois de caminhar por cerca de quarenta minutos, finalmente as feições de seu rosto se iluminaram num meio sorriso, parecendo ter finalmente encontrado o que procurava. Olhou a sua frente uma pequena moita de capim; analisou que o dono daquela casa devia ser desleixado por deixar aquela moita crescer tanto ali, bem em frente sua casa? Mas, era um lugar perfeito, feito pela natureza com a perfeição de detalhes que desejara. Muito bom. Esconderia a sacola... Pensou.

Aproximou-se da moita disfarçando a culpa que carregava, há que se dizer que sem motivos, pois àquela hora da noite nenhuma alma viva estaria na rua, talvez para que a lua não o visse? Analisou o local rapidamente e sem nenhum tipo de preparação, jogou a sacola bem no centro do enorme pé de capim. Ficou olhando a sacola descer lentamente até ser escondida pelo mato. Sorria diante da perfeição do ato, seus olhos estavam vidrados, com um brilho estranho, apreciou cada segundo daquele ato, como se fosse a magia feita por grande ilusionista, enquanto seu coração se encheu da mais pura felicidade. Concretizara mais uma missão.

Imediatamente após o desaparecimento da sacola na moita de capim, virou como se dançasse e andou leve como um bailarino alado que não pisasse em chão firme, mas, em nuvens macias feitas de espuma e sumiu na esquina alguns instantes depois, quando a névoa da madrugada começava a aumentar.

Percival sonhava sonhos desconexos, como se juntasse pedaços de realidades aleatoriamente sem que fizessem sentido. No meio do misto de sonhos, observava um rapaz com uma sacola de supermercado na mão e mesmo sem olhar, sabia o que tinha dentro da sacola. O rapaz ia caminhando À sua frente e nada dizia a ele, mas, como se comunicassem por telepatia, zombava de Percival, que ouvia tudo sem nada fazer, pois no sonho estava impotente, sem forças diante do enigmático rapaz.

O rapaz comandava a cena, tudo parecia seguir sua vontade, e ele mais parecia um expectador. Sem conseguir ver seu rosto, se mantinha a certa distância de Percival, que por mais que se esforçasse não conseguia se aproximar, e ao notar que se aproximava de uma enorme moita de capim, o ameaçava dizendo: Pare! Pare se não jogo a cabeça aqui! Percival olhava a moita, analisava a situação e não via motivo para temer as ameaças, então ia com muito esforço em sua direção até que a moita se transformara numa enorme fogueira. Então olhou para o rapaz, no entanto, sem reconhecer suas feições. Ele ria de maneira abusada, sarcasticamente enquanto ameaçava Percival.

Ta vendo? Abria a sacola e mostrava uma cabeça humana. Ela vai queimar no fogo e com ela sua chance de promoção... Você não vai conseguir melhorar seu salário na aposentadoria! Então ria, gargalhava muito alto e soltava a cabeça, que ia descendo lentamente, enquanto o fogo a devorava, até que sumia...

- Não! Gritou Percival, enquanto tentava impedir o rapaz e acordava ao mesmo tempo.

- O que foi? Perguntou Marilia, ainda meio dormindo.

- Nada. Dorme que foi só um sonho. Droga... Tento dormir e tenho um pesadelo... Merda... Ainda resmungando, dormiu.

Desta vez, sem pesadelo, dormiu pesadamente.

A madrugada estava fresca e com a temperatura bastante agradável, quando Percival despertou. Olhou o relógio e se zangou com ele. Acreditou ter dormido apenas umas poucas horas, mas, estava se sentindo bem, descansado, e por fim era isso o que realmente importava; estar disposto.

Levantou-se e automaticamente passou a mão na toalha indo direto para de baixo do chuveiro. Agora o banho fora rápido como o de costume! Voltou para o quarto, ligou a televisão e constatou que dormira não apenas algumas horas como havia imaginado, mas sim, mais de vinte e quatro horas. Calculou mentalmente, com exatidão, havia dormido vinte e sete horas seguidas. Logo teria que ir trabalhar... Olhou Marilia, estava deitada seminua com o corpo em desalinho, imediatamente sentiu a força de um sentimento terno invadir lhe o corpo. Olhou novamente sua bela mulher deitada, indefesa como um bebê, naquela cama, a mente maquinando contra a pureza e não teve dúvidas; cedeu aos desejos do corpo e da carne. Acordou a amada com carinhos e beijos.

Ainda não eram sete horas e a manhã estava agradável quando chegou à delegacia, logo avistou o parceiro com quem ficou conversando algum tempo, enquanto tomavam café preto. Antes de começarem a rotina, cumprimentou vários colegas, cada qual se dirigia a seus setores da chamada ronda diária.

Vamos embora parceiro! Disse Murilo a Percival, que já o acompanhava rumo à viatura.

- Rapaz; dormi mais de vinte e quatro horas seguidas...

- Você estava cansado, hein velho?

- É... O pior é que tive um sonho esquisito. Sonhei com a cabeça...

- É... Deve ter sido por causa do corpo... Murilo riu do próprio sarcasmo, enquanto entraram no carro e foram rumo à periferia de sempre.

Faziam o patrulhamento enquanto acompanhavam o rádio da central. Sem novidades nem nada de nada para fazer, só lhes restava rodar com a viatura à procura de suspeitos ocasionais e esporadicamente algum auxílio. Até ali, um dia ímpar para Murilo e Percival. Como de costume, próximo das onze da manhã pararam a viatura em frente à padaria de sempre, entraram para tomar um café.

Que paradeira hein... Nunca vi assim. Disse Murilo. Foram quinze minutos de pausa na ronda até que retornassem novamente, rodando boa parte da zona sul.

- Atenção viaturas próximas À Rua Luiz Antonio Martins! Gritou o rádio da viatura. Morador informa ter encontrado uma *"cabeça"* em frente sua residência. Viaturas na área, favor entrar em contato com a central!

- Êta sonhador hein... É com a gente Murilo! Disse Percival.

Aqui é CJH1218; estamos nas proximidades do local já nos dirigindo para ele, TKS. Aguardando QSL!

- Ok CJH! Após averiguação mandar um QUA para a central, TKS.

- Ok central, QSL desligando. Vamos nego!

- É Percival, a cabeça nos espera... Disse Murilo em tom de brincadeira.

- Ante ontem foi o corpo... Olha, são umas duas quadras da Rua Pedro Star! Pode ser que... Deixa pra lá, é claro que tem ligação com o corpo!

A viatura ia rapidamente, mas, foi só se aproximar do local para Percival diminuir a marcha até quase parar o carro. O que foi parceiro, o carro quebrou? Perguntou Murilo.

- Eu conheço esse lugar cara, é igual ao do meu sonho!

- Pois é pode ser igual, mas temos que ir até o local da ocorrência irmão?

- Não se preocupa não Murilo, se for igual, é só dobrar a próxima esquina que chegamos...

O carro continuava lento, parecendo que realmente tinha problemas mecânicos. Ia lentamente se aproximando da esquina, e como se conhecesse aquele lugar por toda a vida, Percival virou à esquerda, avistando um ajuntamento de curiosos, o que normalmente ocorria. Parou a viatura e disse: É ali! A cabeça está dentro daquela moita, igual ao meu sonho Murilo!

Percival parou a viatura em frente o local de seu sonho. Desceu reconhecendo cada detalhe com a certeza de quem sabia o que iria encontrar. Já ia em direção à moita, quando desistiu, pedindo a Murilo que averiguasse tudo, ele chamaria a polícia técnica!

- Mas sem ter certeza Percival? Disse Murilo.

- Tenho certeza Murilo, eu vi tudo isso!

A touça de capim parecia ter sido criada especialmente para aquele acontecimento. Sua largura e altura eram perfeitas para esconder uma bola de futebol ou uma cabeça, que estava em processo de decomposição, exalando um odor fétido, que fora o motivo da descoberta, e ainda assim, com um odor insuportável, como se fossem urubus em cima da carniça, o povo curioso não arredava o pé dali. Assim como no caso do corpo encontrado anteriormente, não houve qualquer informação que pudesse ajudar no esclarecimento. A polícia técnica informou que o tempo provável da cabeça ter sido cortada, devido ao estado de decomposição, era de vinte e quatro a quarenta e oito horas no máximo, o que reforçava a hipótese de a cabeça pertencer ao corpo descoberto na Rua Pedro Star. O que foi confirmado depois, após o exame pericial.

No meio do povo aglutinado, um rapaz olhava para os acontecimentos sem muita curiosidade. Olhava e orava, tentando com isso, convencer um e outro a se converter ao caminho estreito. Fazia tudo discretamente, não atraindo para si nem mesmo a curiosidade das pessoas, que no calor do momento, acabavam por concordar com ele, jurando de pés juntos que iriam começar uma vida religiosa, lhe garantindo, que a partir dali seguiriam o caminho das pedras... O que realmente acontecia após alguns dias, às vezes, poucos instantes, é que nem se lembravam do que haviam dito.

Sem provas ou indícios, o caso fora deixado no arquivo para que prescrevesse e fosse esquecido "Assim como o caso da jovem que foi encontrada sem cabeça há alguns anos atrás..." Percival pensava agora no que Marilia havia falado há alguns dias atrás, após terem encontrado o corpo. Pensou a respeito, ligando os acontecimentos e o sonho da noite anterior.

- Será que ela tem razão? Vou averiguar... Se houver alguma ligação, estou feito se descobrir o filho da mãe que fez isso! É minha chance de conseguir uma promoção antes da aposentadoria...

Os arquivos da polícia estavam intactos, nada havia sido acrescentado após a descoberta do corpo. Percival olhou meticulosamente e leu com atenção todas as informações do processo, chegando à mesma conclusão que os colegas da época: sem pista ou indícios algum! Merda... Pensou em como os policiais dos filmes eram bons em seu trabalho... Em como descobriam pistas secretas, onde aparentemente não existiam nem mesmo indícios...

Estava decidido, se houvesse qualquer possibilidade de descobrir o filho da mãe que fizera aquilo, e se os crimes tivessem ligação ele descobriria. Iria investigar um pouco mais, não custava, era seu trabalho e gostava do que fazia, apesar de tudo... Foi em frente, pediu cópias do caso em que Neném foi morta e também o da Rua Pedro Star. Havia dado o primeiro passo.

- Em casa e com tempo procuro melhor, e quem sabe se tenho a mesma sorte dos policiais da televisão e encontre uma pista escondida?

O instrumento de Deus

Após a primeira galinha, matar as outras se torna hábito! Era isso que Fred ouviu por quase toda a sua vida. As palavras saíam com naturalidade das bocas de sua mãe e de seu pai, que nutriam o hábito de matar e limpar galinha no fim de semana para fazer um bom cozido. Agora associava as palavras dos pais aos atos cometidos, conhecia o verdadeiro significado daquelas palavras, sentia ainda dentro de si toda emoção da purificação daqueles a quem havia auxiliado a se aproximar mais do caminho da redenção. Sentia-se feliz.

Não se preocupava e nem se esforçava para esquecer ou lembrar, contudo, apenas a intenção longínqua de pensar no assunto era suficiente para surgir um brilho inexplicável em seus olhos, então se arrepiava, sentindo um bem estar enorme. Era instrumento de Deus, sentia-se um instrumento, um verdadeiro elo entre o etéreo e a ação, a vontade concretizada!

... Então ensinarei aos transgressores os teus caminhos, e os pecadores se converterão a ti! Orava e agradecia: Graças a Deus... Sentindo-se aliviado pelos atos cometidos.

Rememorava sua base religiosa para justificação dos atos cometidos e para os que tencionavam ainda praticar desde que fosse necessário, e como última forma de libertar as pessoas do pecado...

Estava em êxtase em seu quarto. Havia canalizado toda sua necessidade e energia sexual aos desígnios de sua cabeça, ao que acreditava ser a coisa mais correta do mundo. Orava: "[10]Livra-me dos crimes de sangue, ó Deus!" "Compadece-te de mim ó Deus!" e "Apaga minhas transgressões!"

Ainda perdido em meio a tais pensamentos, se lembrou do pai, de quando havia matado o vizinho... Imaginava que teria sentido as mesmas sensações que ele... Seria possível? Porém, os motivos e as situações eram diferentes, o pai havia cometido um crime e podia até mesmo ir para o inferno se não houvesse arrependimento, enquanto que ele não havia cometido crimes, mas

---

[10] Salmo 51:13, 14, 1

sim atos de bondade por seus irmãos que estavam irremediavelmente perdidos! Havia salvado o que existia de melhor naquelas pessoas, sua alma! E não fosse sua interferência a pedido do Pai eterno, sabia bem o que lhes aconteceria; e quanto a seu pai, o livro sagrado o condenava.

"[11]Quanto a seu pai, porque praticou extorsão, roubou bens do próximo e fez o que não era bom no meio de seu povo, eis que ele morrerá por causa de sua iniquidade."

Após pensar muito, concluiu que sentia um grande bem estar ao rememorar as duas mortes. Era algo muito forte, entranhado, sobrenatural! Melhor que o prazer do amor quando se chega ao clímax...

Era inevitável a comparação, então pensava... "Será que papai sentiu-se como me senti?" Acreditava que não, além de os motivos serem opostos, o pai agira em nome das forças do mau e ele a mando de Deus! Repensou o assunto e por alguns instantes apenas acreditou na possibilidade do prazer carnal em seus atos e em seguida, na possibilidade de estar cometendo aqueles atos por gostar e sentir prazer; por ser mais humano e pecador do que realmente era e poderia suportar... E se fosse, igualava-se a seu pai e ao resto dos outros ladrões e assassinos...

O pensamento que pretendia lhe trazer à realidade e começava a invadir sua mente clareando sua capacidade de discernimento sumiu ao mesmo tempo em que um tipo de névoa tapava-lhe novamente a visão. Era o brilho da insanidade novamente estampada em seus olhos e faces, e que há muito havia tomado conta de sua alma e corpo.

Durante todo o tempo em que analisava os seus atos e o de seu pai, nem por um instante pensou no pai como sendo inocente. Julgava-o como se fosse um juiz religioso, ou algum tipo de extremista, fazendo juízos nada cristãos: "Um assassino iníquo qualquer, muito diferente de si, que não passava de um servo, um instrumento nas mãos de Deus..."

Então sentiu um calor intenso invadir a cabeça, acreditou ser obra divina. Os olhos brilhantes quase não piscavam, enquanto o cérebro insistente martelava a mesma ideia fixa. Orou: Senhor

---

[11] Ezequiel – 18:18

ainda há muito que fazer, e o mundo parece estar, cada vez mais, dominado pelo "inimigo"... Fred prestava atenção às notícias veiculadas pelos meios de comunicação, onde se ouviam barbaridades sobre o uso e tráfico de drogas, sobre as libertinagens do sexo promíscuo, desavenças entre irmãos, pais e filhos, entre outros, o que servia para se convencer mais e mais de sua missão. Era a prova cabal de que fora escolhido.

- Tudo isso seria imperdoável, não fosse Tua bondade... E por ser tão bom como és, me incumbiu de ajudá-lo a limpar a terra do maléfico.

Ia vivendo num mundo de Oz apocalíptico, onde as profecias se cumpririam visivelmente, e ele, ele seria a última chance para os pecadores se redimirem.

Constantemente as imagens de Neném indo lentamente, tranquilamente, como se navegasse num lago calmo, e soubesse que a vida eterna a aguardava passava pelos seus olhos constantemente como se assistisse a um filme. Podia ver tudo, cada detalhe e chorava de emoção associado à satisfação de ter feito algo impagável àquela alma.

A cena se repetia feito disco riscado em sua mente, via-se como um herói indo rapidamente atrás da moça pecadora, e até mesmo o som do estilete sendo aberto em sua mão direita, sua aproximação final e o silêncio... Invariavelmente neste momento um sorriso demente com tom de docilidade tomava conta dos seus lábios, subia o calor bom que lhe acalentava o corpo, em muitas vezes, induzindo-lhe ao sono.

Perdido em pensamentos, ficava como se estivesse em transe; em êxtase! No momento em que rememorava o ato fatal, podia sentir a resistência dos músculos sob o corte impreciso do fio do estilete, então começava a se tremer. Tremia num frenesi de prazer incontrolável, como se estivesse tendo algum tipo de ataque epilético. Calafrios com força própria percorriam seu corpo, começando da espinha dorsal indo a todas as direções de seus órgãos, estava fora de si, Era um milagre...

Quando pode sentir finalmente a emoção fortíssima ao enxergar e sentir em seu delírio, o fio da lamina como se adestrado, em movimento rápido e preciso afundar aos poucos na carne do pescoço de Neném...

Rememorava o momento em que, sem voz e com os olhos muito arregalados, querendo saltar das órbitas, Neném ainda tentava num último esforço se virar uma última vez... Em seu subconsciente imperava a vontade de ver pela última vez aquele que a privava de sua vida, porém, a lâmina era implacável, não recuava, ao contrário se aprofundava e cortava peles e músculos como se fosse algum tipo de bolo fofo... Sentia como se afundasse a faca na margarina...

Por fim, caída no chão, em seus instantes finais de agonia, Neném ainda respirava quando foi puxada para um local mais deserto, onde Fred separou do corpo a cabeça.

Percival no caminho

Em casa, Percival era dominado pela preguiça os carinhos e desejos de sua mulher, que se entregava com amor, ânimo e coragem a tudo o que o marido desejava, por amá-lo, e também por se satisfazerem, sendo assim; formavam um casal perfeito e altamente sensual.

Devido aos horários de trabalho de um policial ser bem diferentes dos operários de fábricas ou funcionários de escritórios e comércio, com o passar dos anos, tanto Percival como Marília se acostumaram a essa diferença, de modo que dormiam tarde e acordavam mais tarde ainda! Essa troca de horários os levava a trocar os hábitos como: Tomar café na hora do almoço, almoçar na boca da noite e jantar nas madrugadas, sendo assim, enquanto tomava café à tardinha, Percival se lembrou das cópias das investigações que havia requisitado. Tentou tocar no assunto com Marilia, se lembrando de sua observação sobre a moça degolada alguns anos antes de encontrarem o corpo, contudo ela se esquivou preguiçosamente, indagando o fortíssimo e imbatível argumento de que, só queria falar de amor e sentir os prazeres naquele dia, e que mais nada no mundo inteiro a interessava por enquanto...

Após a mistura de café e amor, o sono para Marília, Pois Percival não tinha o hábito de dormir durante o dia, ou após o café.

Vendo a companheira entregue ao sono, começou a dar uma olhada nos papeis...

O processo que envolvia a morte de Neném era cheio de curiosidades que levaria qualquer investigador a desconfiar de Josué, seu primo e de Frederico, o ex-namorado religioso e menor de idade na época.

Havia ainda o ex-patrão, que parecia ter dado umas escapadinhas com a moça após o fim de um casamento que não deu certo...

O primo Josué, que confessou ter tido um caso com a prima, e que na época ainda estava apaixonado, mas que, Infelizmente! não era correspondido... De acordo com seu depoimento.

- Essa Neném... Devia ser uma potranca muito boa de cama! Disse Percival a seus botões mudos. Bom! Qualquer um deles poderia ter matado a moça, porém o ex-patrão é o menos provável!

Os outros dois teriam o motivo, mas o tal Frederico... Com certeza é a pessoa mais indicada para o posto! Era o namorado atual, aparentemente levando chifres da moça com o ex-patrão, e com a cabeça cheia, pesada de galhos, talvez... É isso? Sei lá... Por eliminação, palpite o que chamam intuição e principalmente por sua promoção e aposentadoria, Decidiu que faria uma visitinha ao garotão religioso! Além do que era o que residia mais perto dos dois acontecimentos e de sua casa, é claro.

Após a morte de Neném, sua mãe envelhecera muito. Os cabelos antes negros brilhantes tornaram-se brancos em poucos meses, as costas antes eretas, agora pareciam o lombo de um dromedário, o rosto, os braços e as mãos estavam com a pele extremamente flácida e sua voz transmitia um tipo de mensagem secreta, mas clara ao ouvinte: dizia de forma clara que aquela pessoa sofria muito e que sua alegria de viver se fora, já não existia mais.

Acostumado ao sofrimento humano e com as aparentes injustiças do destino, Percival mantinha-se neutro, à distância e frio, evitando envolvimentos pessoais como mandava o script, porém, ao ver aquelas lágrimas silenciosas romperem do rosto daquela mulher, se comoveu, segurando a emoção de seu lado humano, para evitar o abraço e a tentativa de consolo.

- Ainda sou humano, porra! Percival dizia a si mesmo. Enquanto decidia-se a entrar no foco principal de sua investigação.

- E o Frederico? Ah... O senhor quer dizer Fred o ex-namorado de Neném? Bom rapaz aquele... Até hoje vem aqui me visitar; o senhor acredita? Já é homem feito, e muito religioso. Lembro que sofreu muito conosco, mas, que foi forte... Era jovem demais e por isso aceitou melhor a perda! Vou te falar sinceramente, não gosto de ver o Fred por aqui... Percival se animou um pouco, acreditando que finalmente aquela mulher diria algo esclarecedor, Doce ilusão!

- Gostaria que sumisse de uma vez por todas. O senhor sabe... Sua presença faz lembrar demais minha Neném...

Profundamente emocionada, a mulher deixou Percival desconcertado, que por esse motivo, se desculpou e saiu.

A caminho da casa de Frederico, já estava encarnado no papel de policial, então sem sentimentalismos amaldiçoou todos os que haviam conversado com ele até o momento. Gente mais idiota!

Na periferia as ruas são muito parecidas, e enquanto olhava no guia o endereço do seu suspeito número um, reconheceu a página. Aquele local era bem conhecido por Percival, foi muito próximo dali que haviam encontrado o corpo sem cabeça, e se continuasse um pouco mais à frente... Olhou novamente no guia e sorriu com as coincidências.

– Mais à frente com certeza... Sim, bem ali é que encontramos a cabeça! Apontou no guia e decidido, andou mais um pouco e a rua se tornava contra mão, esperou mais um pouco e seguiu em frente, dando de cara com uma viatura de polícia. Parou ao lado da porta do motorista, cumprimentou os colegas, que devolveram o cumprimento em tom de brincadeira.

- Está na contravenção Percival? Vai ser multado hein...

Percival ria se lembrando de que estava na contra mão.

Chegar na rua não foi difícil, contudo o número da casa foi encontrado por indicação, pois os números das casas não eram oficializados pela prefeitura, o que leva a serem vizinhos os números dois e o setenta, por exemplo, sem contar os números repetidos, contudo, não demorou muito, e logo estava em frente ao número indicado nos autos do processo. Ficou de campana por um longo tempo. Parado em frente a um portão de madeira, que impedia quase totalmente a visão da casa, esperava encontrar o Frederico.

A construção que anteriormente fora uma casa, agora se tornara um cortiço com dois corredores estreitos e escadas internas, onde a parte inicial de um dos corredores era bem mais larga, servindo ainda de garagem para um jeep muito antigo.

Durante o tempo que Percival ficou de campana, apenas algumas poucas pessoas entraram e saíram da casa, e nenhuma delas parecia ser Frederico, um rapaz ainda jovem com pinta de religioso. Não custou para notar que havia drogas no pedaço e que havia muitos menores servindo de "aviãozinho", mas aquilo era outra coisa, não estava ali para investigar tráfico.

Enquanto estudava o local e ignorava as drogas, um jovem bem apessoado, com ombros largos e um cabelo muito preto brilhante apareceu. Instantaneamente, mais intuitivamente soube que era Frederico, o suspeito que procurava. Não sabia como o reconheceu, mas tinha certeza de que era quem procurava! Estaria virando vidente? Lembrou-se da história da cabeça...

Com um sorriso encantador e uma popularidade notável, Frederico vinha cumprimentando e brincando com as pessoas. Brincava com um, pegava na mão de outro, e assim foi até chegar ao seu portão. Ainda de longe, Percival notou que carregava um exemplar muito surrado da Bíblia, e aquele era o detalhe que faltava para o reconhecimento, a gota que faltava. Imediatamente saiu do carro, chamando Fred pelo nome inteiro. Frederico, Senhor Frederico? Desacostumado a ouvir o próprio nome, Fred não respondeu, levando Percival a se frustrar por alguns instantes, até que seus instintos associados à mensagem enviada pelo cérebro ao consciente levaram-no a "Fred" – Fred?

O retorno foi imediato, Fred virou-se instantaneamente reconhecendo que o homem À sua frente se dirigia a ele utilizando seu nome de batismo, o que quase ninguém conhecia. Um alarme tocou em seu subconsciente avisando-lhe de que algo não estava correto, então ficou esperando a maior aproximação do desconhecido. Frente a frente, Percival teve a certeza de que ali estava quem procurava, ou o que procurava. Não pode evitar um sorriso, que, a primeira vista, pareceu simpatia.

Novamente seu instinto falava e não saberia explicar como, mas sabia que Fred era o responsável pelas mortes, não havia dúvida.

- Senhor Frederico, Fred, por favor... Meu nome é Percival... Como está? Estou investigando a morte de sua ex-namorada, por isso, espero que possa ceder uns minutinhos de seu tempo? Ao ouvir as palavras ex-namorada, o alarme mental soou mais alto, então instantaneamente tornou-se diferente, o sorriso amarelou por frações de segundo beirando a antipatia, e não seria notado por outra pessoa, contuso, Percival notou tanto quando houve a mudança no sorriso tornando-se amarelado, da mesma forma, quando voltou ao brilho anterior, agora quase natural para um leigo, mas para ele, estava estampado em suas feições que saia forçado.

- Claro; mas estou com um pouco de pressa, pois tenho que ir a igreja!

De acordo com o processo, e da ideia que fazia do suspeito, no primeiro contato, Percival não obteve nenhum êxito. Era o que esperava.

Frederico era esperto demais, confiante demais, seguro demais em tudo o que dizia, e aquilo era um bom sinal para a investigação, de acordo com os pensamentos de Percival, que tinha plena certeza de estar no caminho da tão esperada promoção.

- As coisas estão clareando! Mudarei o rumo da prosa, vou sondar as amizades, o passado, avida inteira desse rapaz... Eu chego lá!

Antes de agradecer e se despedir, Percival citou a investigação seguinte a Fred, que agora mudava sua forma de tratamento, as feições congestionadas, sem a menor pretensão de sorrisos, enfim, mudara seu jeito de forma radical. Lentamente baixou os olhos, depois a cabeça, olhou fixamente para as mãos, então juntou a Bíblia nas duas mãos, com os olhos faiscando, dando sinais de desequilíbrio... Após pensar um pouco, com o rosto totalmente tranquilo agora, disse:

- O senhor sabe o que é isso? Indicando o livro.

- Claro que sim! Disse Percival, estranhando a pergunta, contudo, esperando as chatices dos fanáticos que insistem em forçar as pessoas a mudarem suas opiniões.

- Pois bem! Disse Fred. O mundo está cheio de iniquidades e seus moradores, profundos pecadores, pagam pelos crimes que cometem contra a lei maior. Fazem o que querem e se perdem em prazeres mundanos da carne. Matam e roubam, desrespeitando o templo sagrado da alma, que é o corpo! Drogam-se, prostituem-se e não querem pagar por isso? Impossível meu caro amigo. O Pai é bondoso e justo, oferece várias chances para nos arrependermos, contudo, não perdoará os iníquos! Sobre isso, para não achar que são palavras ditas pela minha boca, Ele disse: *"portanto, eu vos julgarei, a cada um segundo os seus caminhos"*, *"convertei-vos e desviai-vos de todas as vossas transgressões, e a iniquidade não vos servirá de tropeço."* Está escrito! Enquanto falava, se enchia de energia, os olhos mudavam, as bochechas se avermelhavam e uma saliva seca tomava conta de sua boca, parecendo cola branca que a qualquer momento selaria seus lábios, uma energia tomava conta do ambiente parecendo estar possuído.

Esse cara não está muito bem... Pensou Percival. Ah quanto tempo estará desmiolado... Teve que fazer certo esforço para se desvencilhar de sua companhia, que agora parecia ter disparado, dando sinais de que não iria parar tão cedo com o falatório. Finalmente, mal educadamente, poderia se dizer, saiu deixando-o falando e gesticulando sozinho. Uf... Que dureza.

Voltando para casa, comparou a atitude de Frederico, ou Fred, como gostava de ser chamado, à atitude de alguns políticos que só enrolam, embromam e não respondem as perguntas. Mas dava pra notar que ele estava enterrado até o pescoço naquela história... Ah, isso ele estava!

Fred ficou falando e gesticulando por alguns instantes enquanto olhava o carro ir embora. Ao sumir no horizonte, perdeu o interesse e entrou para dentro do portão, seguiu o estreito corredor e abriu a porta da sala lentamente, parecendo temeroso, como se esperasse uma surpresa. Não enxergando nada em meio ao breu entrou. O silêncio da casa era ensurdecedor. Os objetos sem luxo, em sua maioria de materiais vagabundos como plástico e alumínio plantados sobre os móveis muito gastos e escuros levaram-no a sentir uma enorme melancolia, tristeza e raiva ao mesmo tempo, então, revoltado brigou com Deus:

Senhor... Estais bobeando? Como deixas que um reles policial chegue perto de seu agente secreto neste mundo de iníquos, de seu homem de confiança, seu justiceiro e braço direito? Te digo que a partir de agora não quero que deixes mais esse porco do inferno se aproximar de seu filho, estais ouvindo? É só o que te peço... Deixe livre o caminho para que eu possa adiantar tua obra... E amem!

Após a bronca, deixou o corpo cair sobre o sofá antigo, desconfortável e encoberto por uma napa avermelhada e cheia de costuras quadriculares. Arrependeu-se imediatamente de ter escolhido aquele lugar para soltar seu corpo. Imediatamente pelo desconforto do móvel sentido diretamente no corpo, levantou-se e foi para o quarto, onde se deitou e quase instantaneamente dormiu profundamente.

Percival e a descoberta

O ânimo inicial aliado à certeza de que logo encontraria algo que pudesse ao menos levar a indícios sobre o envolvimento de Fred nas investigações ia lentamente se exaurindo. Percival bem que tentava encontrar algo suspeito no meio dos depoimentos, relia tudo várias vezes e nada. Perdia longas e preciosas horas de suas folgas em seu encalço. Seguia o rapaz, fazia contatos visuais, e nada, sequer um indício! Cansado, já um tanto frustrado, resolveu mudar de tática, resolveu partir para o corpo a corpo.

As coisas pioravam e ia em direção contrária a suas desconfianças, que só não eram encaradas, ainda, como certeza, devido a falta de provas. A cada dia passado para Percival, que não conseguia dar curso às investigações, que não iam nem vinham, era um dia a menos no tempo que lhe restava para a aposentadoria, que se aproximava com o maldito medo do futuro, de viver prestando serviços para não morrer de fome, para piorar, em suas diligências, todas as pessoas contatadas, que conheceram ou conviviam atualmente com Fred, só tinham elogios para o rapaz. O máximo que conseguiu ouvir de um membro da igreja que ele frequentava atualmente foi um "distante das pessoas..." Explicando a Percival, que Fred estava presente em tudo, todos os eventos e o que acontecia na igreja, porém, mantinha-se distante de todos, o tempo todo, jamais se envolvendo pessoalmente ou intimamente com ninguém. Percival achou que o "irmão" era bicha e fora embora sem dar muita atenção as suas palavras.

Cansado de vasculhar as boas almas, só restavam os "nóias" do bairro onde Fred morava e os colegas de trabalho. Percival havia descoberto que Fred era, atualmente, funcionário público concursado e trabalhava como auxiliar administrativo num departamento burocrático estadual ligado ao juizado de pequenas causas.

Aparentemente seu suspeito número um levava sua vida de forma exemplar, sem inimigos, namorada, ou relações dúbias... Outra coisa que levou em consideração antes de continuar com sua investigação era essa vida certinha demais, tudo perfeito. Não acreditava em perfeições. Para ele todos cometiam erros, faziam cagadas e falhavam sempre, e os perfeitos demais escondiam debaixo do tapete da sala mais sujeira que o tapete conseguisse esconder. Era sua filosofia de trabalho.

Após rever seu posicionamento filosófico, resolveu continuar sua investigação particular: Tai, vou queimar as ultimas velas com esse defunto ruim! Primeiro os "nóias", depois os colegas de trabalho. Disse para si, definindo a ordem na investigação.

Acostumados com a presença de policiais na área, os "meninos do tráfico" não alteravam sua rotina, e Percival identificou dois ou três que estavam envolvidos, partindo em direção a eles imediatamente, ao se aproximar, foi intimando:

- Chega aqui! Quero saber tudo a respeito do Fred que mora na Rua Trinta e Dois, vamos, agora!

- Sei nada não Senhor! Foi a resposta. Acostumado a lidar com aqueles "nóias" Percival apertou o "sujeito", que rapidamente indicou quem poderia falar a respeito, indicando um botequim na pior parte do bairro, um início de favela.

Procura o Paraíba. Posso ir? Vai.

O boteco feito meio alvenaria, meio madeira com uma enorme mesa de bilhar na frente era ponto de carteado e dominó e muita cachaça. Dentro do estabelecimento várias mesas para quatro cadeiras, todas de lata com propaganda de bebidas, àquela hora vazias ainda. No balcão alguns alcoólatras inveterados, esperando o dia da cirrose, ou outro mal qualquer que os levasse. Percival sabia da jogatina, só não sabia que o dono era envolvido com drogas?

- E ai Paraíba? O dono do boteco olhou para Percival, já sabendo que era policial. Pensou: "Filho da puta! Esse coxinha vai querer levar algum todo mês, se for tá fôdido, vai deitar..."

- E ai... O que quer? Respondeu Paraíba em voz alta. Notando o tom agressivo na voz de seu futuro informante, procurou usar de psicologia que o levasse onde queria.

- Calma Paraíba, nada oficial. Só curiosidade normal de um ser humano, entende?

- Sei sim, o que quer saber?

- Fred, Frederico? Aquele crente da Rua Trinta e Dois... O que sabe sobre o moço? Paraíba achou esquisita a pergunta, mas pensou antes de falar... Sabia de tudo o que rolava por ali, e nunca ouvira falar nada do "crente chato"... Era assim que os nóias o tratavam, pela insistência em levar todos para sua religião.

- Fred... Pelo que sei, nada consta!

- Nada? E o Jones, o que morreu sem cabeça, morava aqui perto...

- Ah! Esse sim! Era conhecido velho... Vulgo "Jone Pé", por causa do pesão que tinha. Usuário... O que sei, é que tomava muito goró e fumava uns "becks", ai ficava falante demais... Falava muita besteira! Mas quem conheceu melhor o "Jone pé" é o "cabeleira" da Rua da Granja; Usuário viciado...

- Valeu Paraíba, agora me dá uma Coca-Cola. Paraíba olhou e interpretou o pedido de duas maneiras, porém, para evitar, serviu um refrigerante.

O tempo voou e com ele a folga de Percival, que teve que aguardar a próxima folga para ir falar com o "Cabeleira". Sentia que estava chegando perto de alguma coisa, mas, poderia ser somente um pressentimento, como o que ainda vivia em sua cabeça, sobre a culpa de Fred... Além do que, como dizem: - A vela queima rapidamente!

A ronda recomeçava e Murilo sempre alegre e despreocupado perguntou a Percival sobre suas investigações particulares.

- Como soube Murilo?

- Você sabe, contra mão, longe de casa, homem sem cabeça... E os colegas do distrito que falam tanto quanto as lavadeiras, quando não estão nem ai... Riu.

- Já deram com a língua nos dentes, ô gente fofoqueira! O que você acha, devo ou não devo continuar minhas investigações? Murilo olhou por algum tempo analisando a pergunta. Estava muito sério e parecia realmente que aquela investigação era muito importante para o colega, então perguntou:

- Pra que tudo isso? Percival baixou os olhos, sentindo-se meio envergonhado abriu com o amigo o motivo que lhe tirava o sono há muito tempo.

- Então não sabe? Te digo: "Apô-zentá-doria". É isso. Preciso melhorar meus vencimentos, se não eu to fôdido! Morro de fome e perco tudo... Mulher, vida dignidade, e por ai vai...

- Por que não falou antes porra! Se soubesse que era isso, estaria te ajudando. A gente dá umas voadas por ai e se perguntarem, ou der flagrante, a gente inventa história e faz relatório... Certo? Percival sorria para Murilo, sempre prático e descomplicado ao contrário de si... Murilo estranhou rever os dentes do parceiro que há anos davam o ar de sua graça ao mundo, ao menos que se lembrasse...

A Rua da Granja era plana e levava o sujeito de nenhum lugar, a canto algum em mais ou menos quinze minutos. Frequentada apenas por moradores, raramente se via movimento de qualquer espécie por ali, que não fosse alguns cachorros perdidos ou deixados. A viatura foi até o fim da rua, que não tinha saída e voltou, parando num ponto próximo ao meio da rua, de onde era possível avistar os passantes que ficavam antes daquele ponto. Ali ficaram de campana até surgir o primeiro morador, que foi devidamente informado de que: deveria dar endereço do vulgo "Cabeleira", o que foi feito sem maiores problemas.

- A casa é essa ai Percival, precisa de ajuda? Disse Murilo em tom de zombaria que não fora notado.

- Não. Deixa que vou sozinho. A casa ficava um pouco abaixo do nível da rua, sem muro ou portão era só entrar. Somente ao chegar em frente da porta, notou um enorme cachorro deitado olhando com curiosidade, por sorte, o que tinha de grande, tinha de manso, parecendo estar sem coragem para latir, não se moveu.

A casa era muito antiga, pequena e com telhado com duas águas muito inclinadas, o que Percival achou um absurdo, desperdício de madeira e telhas! O reboco caia ao menor toque, parecendo ter sido feito de cal e barro, assim como as portas e janelas muito altas, pintados de azul claro e com duas folhas que abriam para fora, era ali que morava o Cabeleira. De dentro da casa, o barulho do aparelho de som era muito alto, rasgando os graves, com agudos parecendo cobra cascavel amplificada, tocava rock pesado do tipo "heavy metal", o que não combinava em nada com o estilo da moradia. Por um instante, enquanto ouvia o som, que achou horrível, Percival pensou em Fred escutando toda aquela pauleira, se divertindo com a ideia.

- Se o Fred estivesse aqui, ficaria louco acreditando que todos ali estariam endemoniados...

Somente após muitas batidas fortes e insistentes na porta, conseguiu que o Cabeleira atendesse. Na porta, a figura oposta ao que jamais pensaria surgiu. Um fantasma amarelado pelo mal funcionamento do fígado no corpo de um moleque excessivamente magrelo e espinhento, que parecia ter sido feito de cabelo e nada mais. O corpo excessivamente coberto de pelos e a tocha de cabelos arrepiados justificavam o apelido. A camiseta era preta e muito larga com a foto dos membros de uma banda de rock, o que denunciava ainda mais seu raquitismo, parecendo que por debaixo daquele pedaço de pano não houvesse corpo algum, e para finalizar: calças frouxas e pretas que, aparentemente deveriam estar grudadas no corpo, e estavam muito surradas e aparentemente sujas demais, assim como os tênis All Star, também pretos, mas que poderiam ser de qualquer cor, tamanha era a sujeira. Seus olhos eram rodeados por olheiras redondas e profundas, o que indicavam o estresse de muitas noites mal dormidas, ou de cansaço, má alimentação e muita droga consumida. Ao abrir a porta, com os olhos ainda muito vermelhos e uma "tabela de maconha" fortíssima, Cabeleira se assustou com Percival. Automaticamente soube do que se tratava: Cana brava!

- Cabeleira; quero falar com você uns minutinhos, Abaixa o volume dessa porra! Imediatamente baixou o volume temendo tomar "alguns colas" na orelha. Parecendo ainda não estar satisfeito com o resultado, desligou o aparelho de som e voltou ao Percival, que já havia invadido a sala-cozinha. Trêmulo e muito louco, criou coragem e perguntou a Percival o que queria? Não era bandido, era um pobre moleque viciado e sem futuro perdido para as drogas.

- Conheceu "Jone Pé" e esteve com ele antes de sua morte, aliás, morte muito estranha! Disse jogando o verde, sem ter conhecimento do que falava.

Com os níveis de consciência desordenados começou a falar.

- É... A gente estava na padaria tomando cerveja e não vou mentir. Sou viciado! Começou a chorar com medo das consequências.

- Não vim aqui por causa disso! Disse firme e friamente. O que quero saber, é se conhece o Fred, Frederico; o crente da Rua Trinta e Dois. Imediatamente um riso estúpido surgiu naquele rosto de caveira, que estava aliviado por não ter nada a ver com drogas a visita do policial. Foi longe em seus devaneios, alegre por continuar livre usando suas drogas, bebendo seu álcool e ouvindo suas músicas... Se acabaria depois que o gambé fosse embora... Voltando à realidade, olhou para Percival e começou a falar novamente.

- Claro! Lembro-me dele... Esteve na padaria e começou a falar com a Bíblia na mão. Um idiota! Disse que a gente ia queimar; que o diabo ia tomar conta de nós; que Deus estava bravo com a gente, com a nossa curtição? O cara parecia um doido... Parecia que estava muito louco e começou a aloprar todo mundo com esse papo ai. Queria levar todo mundo da padaria direto pra igreja...

Naquela noite, em que morreu, o Jone estava comigo, tinha cheirado um pó e se invocou com o crente. Mandou ele ir se fôder, tomar no cú e ainda deu uns empurrões no mané, que ficou calminho, baixou os olhos junto com a cabeça, parecendo que estava triste e continuou a falar, dizendo umas coisas esquisitas. O cara estava parecendo um padre em filme de terror! Ai de repente, do nada, parece que ficou injuriado e surtou. Começou a dizer que a gente ia pagar pelo mal cometido contra o pai dele, a gente nem conhecia o pai dele, porra? O pior é que o doido ameaçava e pedia perdão pro pai dele. Pedia pra ele perdoar a gente. Falava que a gente cometia uma tal de "inguindade" eu acho?

- Iniquidade! Disse Percival.

- É isso ai. Nem sabia que existia isso? Depois foi embora e deixou a gente em paz. Ficamos tomando umas até umas duas da manhã, ai, vim pra casa e Jone foi pra casa dele, lá pros lado da Rua Pedro Star. É só isso que sei, juro. Não me bate não? Sem dar atenção ao seu pedido, saiu.

- Já ajudou muito! Disse do lado de fora, e antes de sumir disse: Ah; cuidado com as drogas vão acabar te matando moleque.

Feliz da vida e acreditando ter se dado bem, o "Cabeleira" entrou e fechou a porta e ligou novamente o aparelho de som aumentando no último o volume. Sentou-se no sofá velho e rasgado, onde enrolou um baseado e o fumou até o final, ficando muito louco o resto do dia...

No carro, Percival contava a historia a Murilo, que não estranhou a falta de vontade dos colegas em investigar o caso, pois "Jone Pé" era a corja, a sujeira para a polícia, verdadeiro lixo que não merecia maior interesse.

- Bom, pelo menos agora, você tem algo para somar a sua investigação; não é?

- Não muito, mas é um começo. Assim como nos filmes...

- É isso ai! Concordou Percival.

O próximo passo será verificar com os colegas de trabalho até onde o rapaz era santo. Sentia cheiro de algo novo no ar e seu faro ultimamente não estava decepcionando, ao contrário, o levou a acreditar muito mais em sua intuição, forte, muito forte... E agora acreditava que noutro ambiente, Fred certamente dava suas escapadas.

Com muita malícia, usando todo o charme e carisma que possuía, Percival conseguiu através de uma colega interna do departamento, um falso mandato, que pretendia usar como passe livre na entrada do departamento estadual de recursos humanos. Preparou-se como um ator se prepara. Enfiou uma arma sob o paletó, que há muito não usava, calçou um par de sapatos pretos e bem engraxados, camisa e calças bem passadas. Achou realmente que estava igual a um investigador de filme americano! Convincente, bastante convincente...

- Você ta bonito nêgo, tem certeza que vai trabalhar? Disse Marisa meio desconfiada e um pouco insegura, sabendo que seu marido não era flor que se cheirasse e também por gostar de provoca-lo.

- Cala a boca Marisa! Disse em tom de estupidez, porém, gostando do ciúme que havia causado na mulher, e para provar que ia sair a trabalho, pegou Marisa ali mesmo, em frente ao espelho da cômoda, foi rápido e revigorante para o seu ego. Feliz, Marisa deu com a mão um aceno em meio a um "volta logo" lânguido, como gesto de despedida. Os olhos de Marisa não enganavam, eram muito explícitos e quando a via assim, Percival tinha a certeza de que a mulher era loucamente apaixonada por ele.

O prédio de Recursos Humanos da administração estadual era muito antigo e bem conservado mantendo não só a cultura, mas também a aparência de ser um departamento extremamente burocrático. Tudo contribuía para isso; os móveis e a pintura antiga, as fotografias nas paredes em preto e branco, pilhas e mais pilhas de papeis por cima das mesas e os rostos dos funcionários, que lembrava mofo, acinzentados, sem vida, parecendo coisa velha e esquecida, coisa antiga, tudo associado à certeza de que ali, tudo estava parado há muito tempo.

Ao entrar no prédio, sentiu como se voltasse à década de cinquenta. Tudo era extremamente pesado, o ar era pesado e difícil de respirar, as roupas do porteiro, o mármore gasto com desenhos feitos pelo tempo, o balcão de atendimento e o principal, o elevador com porta corrediça manual.

Na portaria em frente ao homem excessivamente lento se identificou solicitando informações. Foi dito a ele que se dirigisse ao sétimo andar, e chegando lá, procurasse o senhor Estevão, mas, não antes de preencher a lista diária de visitantes com nome, endereço, motivo da visita, entre outras coisas!

A entrada só sétimo andar parecia cópia do térreo, porém, era mais amplo, com o ar mais leve e com funcionários quase simpáticos e funcionais. Novamente se identificou e foi levado rapidamente à sala de Estevão, que o aguardava com um largo sorriso no rosto, como se estivesse feliz por ter alguém ou algo novo que fazer para quebrar o rotina, a monotonia diária do departamento.

- Muito prazer, sou Estevão e não Estevam! Mas, em que posso ajudar senhor policial?

- Prazer doutor Estevam! Meu nome é Percival, e gostaria, se possível é claro, pois sei que não temos acesso a informações pessoais sem a vossa autorização, mas, são os ossos do ofício! O doutor sabe bem como são essas coisas, pois lida com isso o tempo todo em suas delegações...

Percival enchia a bola de Estevão, que nem tinha nível superior, chamando-o de doutor para isso, doutor para aquilo, tentando com esse artifício abrir caminho até a ficha de admissão de seu suspeito, onde acreditava, poderia encontrar algo...

Sua tática deu certo. O "doutor" Estevão e não Estevam deu ordens a um subordinado que auxiliasse o Senhor Percival no que fosse necessário, se despedindo, enquanto alegava muitos afazeres... Valorizava ainda mais o puxa-saquismo a que Percival se havia proposto.

Enquanto Percival sumia de sua frente, sentado em sua cadeira antiga e de couro, Estevão indiferente ao sigilo dos funcionários estaduais, guardava num canto da memória aquela história, que seria contada de forma séria e respeitosa, ou quem sabe, em forma de anedota aos seus netos quando se aposentasse o momento oportuno...

O elevador subia ao décimo sexto andar, último andar do prédio, que possuía uma ante sala, que dava numa única porta, protegida por uma grade com fechadura e dois cadeados.

- Quanta segurança! Brincou Percival com o funcionário, que apenas concordou, meneando a cabeça, dizendo entre dentes:

- Não sei para que tanta segurança, se ai só tem papel velho e fotos amareladas pelo tempo?

De cara Percival notou a má vontade do funcionário, e com medo da má vontade o prejudicar, partiu para o ataque. Sem maiores indagações, foi direto ao ponto:

- desculpe amigo, mas, não quero dar trabalho a vocês, que pelo visto já tem trabalho demais, e se me disser onde e como acho a ficha de um funcionário e me confiar as chaves, quando terminar o serviço devolvo a você, o que acha?

- Acho bom! Disse o preguiçoso, entregando as chaves do andar a Percival, que imediatamente abriu a grade e a porta. A vista de um sofá solitário num canto da sala encheu os olhos do funcionário, que imediatamente mudou de opinião, pensando no tempo que poderia perder sentado ali...

- Pensando melhor, Esperarei o senhor bem ali, naquela poltrona.

O andar era amplo e totalmente sem colunas de alvenaria, entrecortado por diversas prateleiras de madeira maciça, antiga e escura, provavelmente madeira nobre? No alto de cada prateleira lia-se numa pequena placa o departamento, a localidade, etc.; permitindo assim a localização do funcionário. Percival olhou com interesse aqueles arquivos. Deu uma volta no andar e encontrou o que parecia ser o mapa daquele lugar. Pacientemente descobriu o que procurava:

- Corredor cinquenta e nove, em ordem de jurisdição...
Demorou aproximadamente cinquenta minutos para encontrar a
jurisdição, sendo interrompido pelo chamado do preguiçoso,
avisando que havia dado a hora, e que por isso teriam que ir
embora!

- Merda, mas ainda são duas e cinquenta, porra! Sussurrou.
E como se ouvisse seus sussurros o funcionário disse:

- Amanha o senhor volta mais cedo, o expediente começa as
dez da manha.

- Ta bem amigão... Amanhã não. Volto na quinta feira e te
procuro no sétimo andar, ta bem?

- Combinado! Percival já ia embora, então se lembrou de
perguntar o nome da preguiça a sua frente.

- Percival, muito prazer!

- O prazer é meu xará! Disse Percival desolado e
demonstrando uma falsa felicidade no sorriso forçado com aquela
infeliz coincidência.

O sol estava realmente quente naquela manhã de quinta
feira. Ao chegar no arquivo do departamento pessoal do estado
Percival descobriu que a quantidade de prateleiras era enorme, e
que o andar era bem maior do que parecia. Até chegar a jurisdição
de Santo Amaro correu tudo com certa rapidez; porém, quando
começou a procurar pelo nome do funcionário, descobriu algo
terrível para alguém que procura um documento, a grande maioria
das fichas estava fora de ordem alfabética, de data ou qualquer
outro método razoável de organização. O pior ainda estava por vir,
quando notou que, por falta de organização e espaço, tudo era
colocado prensado dentro das caixas de papelão no arquivo, o que
levou Percival perder quinze dias em sua busca, que multiplicado
pelos dias de suas folgas, passaram há trinta dias até que
encontrasse a ficha de Frederico, que num desses acasos
arquivísticos caiu em suas mãos reconhecendo a foto
imediatamente!

Num calhamaço de documentos variados, cálculos por
baixo, cerca de quinhentas páginas comparando com um pacote
fechado de papel sulfite. As folhas em sua maioria quase que
totalmente em branco, eram guias de departamentos que
encaminhavam a outros departamentos e em alguns casos, algumas

totalmente preenchidas, dependendo do que tratava o documento. Não havia outra saída, então começou a fuçar.

- Ficha de inscrição! Nome, endereço, etc, etc, etc... Prontuário médico? Ah... Exame de admissão; acho que isso não interessa! Antecedentes criminais? Isso é bom! Espera ai, nada. O pai matou... Preso? Só falta o atestado de demência! Vamos ver: branco, um metro e setenta e nove de altura, aparência normal, ta bom... Ah, que? Deve ter algo errado, deixa ver o nome, é isso mesmo... Aleijo! Deve ter alguma coisa errada aqui? O Fred não tem aleijo, não que eu tenha visto. Será que não tem pernas... Pensou. Estacou por longo tempo, relendo e repetindo Coitado, coitado, coitado... É castrado... Preciso de cópias destes documentos... Percival sabia que tais informações poderiam ser usadas como indícios de um comportamento psicológico perturbado, fora do comum. Sabendo que tirar cópia dos documentos seria praticamente impossível e certamente muito demorado, teria que surrupiar o que lhe interessava, então escondeu o que acreditava serem indícios, e que poderiam ajudar na investigação. Agradeceu a Percival seu xará e saiu da mesma maneira que entrou; totalmente anônimo e esquecido momentos depois.

Percival & Fred

Era fim de Abril, a manhã estava carregada de nuvens cinza escuras. O dia começara mal, estava chuvoso e frio, perfeito para ficar em casa, mas, tinha que trabalhar. Olhou novamente para Marilia, totalmente relaxada e esticada na cama, um convite para um dia preguiçoso. Ela dormia profundamente quando se levantou, banho rápido, copo de água, o café tomava na rua e como de costume, foi enfrentar a realidade...

- Que dia inglês Percival...

- Que diabo é isso Murilo, o que é um dia inglês? Murilo explicou ao companheiro como era o clima em Londres, viajando, como se fosse um inglês vivendo no Brasil.

Apesar da chuva, tudo o mais parecia tranquilo e não era apenas aparência, realmente um dia atípico, sem ocorrências para a dupla. Por duas vezes passaram em frente à casa de Fred, por sugestão de Percival.

- Você ainda está nessa? Cutucou Murilo.

- Claro que sim, e já que tocou no assunto, te digo o que descobri, mas é boca de siri, hein!

- Você é decidido mesmo, hein?

- Olha aqui o parceiro o pai do pilantra está atrás das grades por ter sido julgado culpado de assassinato e ele tem um aleijo... E nem conto aonde. Gargalho por algum tempo maliciosamente, enquanto o parceiro esperava para indaga-lo:

- Não me conta? Como não me conta? Conta sim, pode-me dizer onde é o aleijo, porra!

- Ta bem, te digo. O Fred não tem saco. Murilo pensou não ter entendido, Como? Não tem saco, é castrado! Aquelas palavras instantaneamente causaram uma tremenda crise de riso em ambos, então, sem outra saída, pararam o carro e riram até chorar.

Ainda descontente repetiu a pergunta: Como é que é, não tem o que? A resposta positiva com o simples menear de cabeça confirmava a anterior, sempre em meio às risadas, aparentemente infindáveis.

- Não tem o saco, porra!!! E para de rir, que não aguento mais. E tem outra, isso deixa o Fred em situação muito mais complicada, porque acho que o cara é meio louco...

Instantaneamente sério completou, e tem mais, o pilantra andou se esbarrando com o Jone Pé!

- E quem é esse tal de Jone Pé?

- ô inocente... Jone Pé, para seu governo, é o cara que nós encontramos sem a cabeça! Disso você se lembra ou será que já esqueceu?

Murilo calou-se por alguns instantes, analisando a situação e reconhecendo que o companheiro havia chegado mais longe que todos os outros investigadores juntos.

- Mas isso não quer dizer nada!

- Sei disso, mas, sei também que está até o pescoço nisso, e espero conseguir provar em breve.

Em casa, com calma, Percival examinou com mais cuidado os documentos que havia surrupiado. Começou com o atestado de antecedentes criminais, estava correto.

O pai de continuava preso. Com mais calma foi decifrando as palavras do médico que o havia examinado:

"O paciente Frederico..., encontra-se apto fisicamente, para ocupar o cargo de auxiliar de administração, de acordo com as normas estaduais de admissão; abro parênteses para informar que o paciente possui aleijo na região do sacro-escrotal, não possui a parte da genitália, informando tê-la perdido em acidente"

Aquilo nada tinha há ver com os acontecimentos, mas, eram indícios de desiquilíbrio emocional e psicológico. Pensava nessas hipóteses sem ter conhecimento de como e em que condições acontecera a castração de seu suspeito. Precisava ter maior contato com o suspeito, pensou em apertá-lo... Preciso dar uma prensa nesse moleque, vou lá hoje, ah se vou...

Eram quase dezesseis horas, quando saiu em direção a casa de Fred. Passando pelas ruas, suas velhas conhecidas, sentiu algo estranho. Arrepiou-se, lembrando os crimes ocorridos...

- Que será isso meu Deus, será premonição? Êta peso.

Por sorte, pois não sabia ainda dos horários do suspeito, ao longe, avistou Fred, que também o avistou, mas disfarçou bem e continuou normalmente vindo em sua direção, no mesmo ritmo, vinha com passos firmes e seguros sem mudar sua conduta. Aparentemente era muito popular, pois, cumprimentava a todos com largo sorriso estampado no rosto e ao se aproximar de

Percival, não escondeu o mal estar que aquele encontro proporcionou. O rosto que vinha iluminado por um brilho natural, fechou-se instantaneamente num cinza-fosco.

- O senhor de novo... O que quer dessa vez?

A tática de era simples. Começou a disparar sua metralhadora de palavras insinuantes. Falava sem raciocinar, despejando toda informação conseguida até ali esperando que com isso, conseguisse abalar a confiança ou o psicológico de Fred e com isso, começasse a falar.

Ao escutar tantos detalhes de sua vida intima, segredos guardados a sete chaves foi empalidecendo, os olhos ficando vermelhos, e como se contagiasse, o resto do rosto também foi se avermelhando até que, parecia que iria explodir a qualquer momento! Como havia previsto, a tática funcionara, pois agora estava totalmente fora de si e sem se preocupar com passantes, vizinhos ou o que quer seja, começou a berrar com Percival, que após atingir seu objetivo, agora estava calmo e frio, feliz e esperançoso de ouvir algo que acrescentasse em sua investigação.

Ofendido, fora de si parece ter percebido sentir-se fraco e vulnerável frente ao policial, então usou o ataque como tentativa de defesa, dizendo ofensas pessoais sem pensar, como se repetisse a técnica usada por Percival.

- Eu te repreendo e a esse tal de "Cabeleira"! Vocês são mentirosos e estão mexendo com um seguidor do caminho estreito, e Ele enviará sobre vocês todas as pragas e castigos possíveis em Sua santa justiça, aguarde e verás! Agora sai de retro Satanás! Sai de mim demônio! Sai, sai e saiiii! Fez algumas caras e boca, silenciou por alguns instantes e disse: Não, espere, espere que o Espírito Santo te manda uma mensagem... Percival escutava passivo tudo aquilo com a certeza de que ele havia enlouquecido, preparado para usar a força se necessário.

Então Fred falou: *"[12]O Senhor, teu Deus, porá todas estas maldições sobre os teus inimigos e sobre teus aborrecedores, que te perseguirem."* Continuou, é a voz do Pai. Ele me protege e manda te dizer: *"[13]Os céus e a terra tomo, hoje, por testemunhas*

---

[12] Deuteronômio 30:7
[13] Deuteronômio 30:19

contra ti, que te propus a vida e a morte, a benção e a maldição; escolhe, pois, a vida, para que vivas, tu e tua descendência, "

Fred falava mudando o tom de sua voz, ora rouco, ora extremamente grave, e enquanto falava um fio de baba seca, grudava no canto de sua boca, parecendo mesmo estar prestes a ter um ataque dos nervos.

- Esta bem, esta bem! Explodiu Percival. Chega. Cala sua boca que vou embora! Baixando o tom de voz gradativamente, quase ao pé do ouvido sussurrou: Mas saiba que não sossego enquanto não te pegar, e que sei que foi você quem cometeu aqueles crimes, Frederico.

A caminho do carro, Percival resmungava: Sinto que será em breve, tua hora está chegando desgraçado! Bateu a porta do carro com raiva e saiu cantando pneus, só então percebera que não estava tão controlado. O desgraçado com aquela falação conseguiu me tirar do sério...

As mãos tremulas abriram o portão, que foi batido com força excessiva em seguida. A raiva era recíproca, e tamanha, que levou alguns minutos para conseguir abrir a porta de casa. Foi direto ao seu quarto e deitou... Ali ficou por horas seguidas tentando lembrar os detalhes da noite em que salvara Jone Pé, mandando-o direto às mãos do Pai...

Em casa a noite tranquila e sonolenta era o convite à oração e dormitar. Já havia escovado os dentes após o jantar quando ouvira um sopro nos ouvidos ou uma mensagem enviada ao seu cérebro, que insistentemente repetia *"[14]Então, ensinarei aos transgressores os teus caminhos,"*. Após relutar contra aquelas ordens, cedeu, afinal eram ordens expressas do Pai... Seguiria seu coração.

Deixou que o pensamento o levasse e sem perceber, entrava na padaria. Recordou ter sentido algo estranho, não comandava mais seu corpo enquanto ouvira uma mensagem do Espírito Santo! Algo que lhe ordenava:

- Vá e pregue a palavra, pois ali havia alguém a quem auxiliar! Foi entrar na padaria e bater os olhos naquele jovem de cabelos encaracolados, para saber que era o escolhido por Deus naquela noite... Agora se lembrava de trechos da discussão que teve com ele e seu companheiro, seu companheiro... Lembrava-se. Agora se lembrava de seu companheiro, o Cabeleira.

Impossível não se lembrar daquele rosto de caveira, acinzentado, já sem brilho nos olhos, chupado para dentro das faces e totalmente encoberto por aquele excesso de pelos e cabeleira farta, enorme, que o transformava num tipo de leão raquítico... Voltou-se para o Jone. Sim era ele o escolhido, podia sentir ao se aproximar a energia, os calafrios, estava confirmado, daria a ele todas as oportunidades possíveis e que tinha direito de se arrepender de sua vida mundana e pecadora, contudo, ai dele se não a aceitasse, a lei da salvação era a mesma da condenação... Se não a aceitasse seria obrigado a ceifa-lo do mundo direto para as mãos do Pai, não tinha escolha.

Recordava-se agora... O rapaz não aceitara o perdão e a palavra do Pai, pobre rapaz, condenado a viver pecando no mundo... Por sorte o Senhor me enviou para ceifar o mau de sua vida! Naquele momento tudo começava a clarear em sua lembrança; primeiro o empurrão de Jone, depois as blasfêmias de sua boca, e por fim a voz sagrada do Pai, soprada em seus ouvidos guiando, ordenando cada passo a ser seguido...

---

[14] Salmos – 51:13

A sacola plástica e o seu estilete surgiram nitidamente a sua frente... Seu corpo agora estava em estase, num gozo profundo, em frenesi, só comparado ao da noite em que se recordara de Neném muito longe, no morro a lhe chamar. Lembrou-se que fechara os olhos e caminhara assim por um bom tempo, não era ele quem caminhava, era apenas o instrumento...

Era como se fosse possível voltar ao passado e com isso revivesse aquelas cenas. O caminho estava escuro, muito escuro! Pressentira a aproximação de Jone, abriu os olhos e olhou fixamente para o pecador que não o reconheceu devido a seu estremo estado de latência. Jone havia misturado bebidas, maconha e pó! Estava alucinado, meio cambaleante, concordando com tudo e com todos, num êxtase diferente do de Fred, que não teve problemas para levá-lo até um terreno baldio, e chegando lá, em seu próprio êxtase dizia repetidamente:

- Te arrepende pecador, te arrepende? Jone olhava tudo com olhos parados, vidrados e perdidos nalgum lugar muito longe dali. Não ouvia, nem sentia nada, apenas viajava perdido num mundo de cores e sons...

Não ouvindo a resposta desejada; ainda que Jone falasse, certamente não ouviria naquele momento, entregue à seus próprios devaneios, disse rapidamente, parecendo querer sentir rapidamente o poder, a vingança aos poucos, em suas mãos...

Senhor entrego a ti essa alma como prova de submissão e amor, todo amor, amém!

Jone olhava para Fred debilmente e ria um riso meio grogue, inocente, abobado, entregue a vontade de seu algoz. Muito sério, reprimindo a vontade extrema de finalizar o ato, se segurava com força hercúlea, e orava ao Pai, enquanto lentamente passava o estilete pelo pescoço de Jone. Regozijava-se.

No primeiro contato do metal com a pele, Jone apenas arregalou os olhos como se tomasse um susto, olhando fixamente para Fred arregalou os olhos demonstrando um desespero mudo e surdo que não combinavam com seu estado. Então, sorriu debilmente, docemente, como se voltasse ao seu estado anterior ou estivesse se entregando de corpo e alma ao seu executor.

Fred orava com fervor doentio, olhos brilhando e boca seca, enquanto ia passando a lamina ao redor do pescoço de Jone repetidas vezes. A lâmina foi se aprofundando com suavidade e imprecisão, até que corpo e cabeça se separaram...

O corpo ficou ali, jogado no chão e a cabeça colocada dentro de uma sacola foi levada e jogada posteriormente, numa moita de capim.

Completamente extasiado, Fred sentia na alma os arrepios fortíssimos de seu corpo, sem conseguir identificar se eram de prazer ou horror, diante daqueles pensamentos novamente orou em meio a promessa futura: Seja feita a Sua vontade; pegarei o Cabeleira...

Voltou para casa lentamente, completo, preenchido, parou diante de um córrego e desceu até sua margem profunda e lavou as mãos e os braços na água suja e gelada, examinou as roupas, estavam levemente manchadas e os sapatos em vermelho vivo. Calmamente retirou um por vez e os lavou lentamente, sem pressa, pois havia cumprido sua missão.

O Cabeleira

Já começava a anoitecer e novamente acabara as músicas do disco de vinil, e o braço do toca-discos, como se viciado naquelas músicas ou atraído pelos sulcos, retornava ao início do disco novamente num alegre e repetitivo balé.

Foi assim durante todo o dia. Cabeleira estava sentado na mesma poltrona como se estivesse congelado naquela posição, com olhos semicerrados babando ao mesmo tempo em que um débil sorriso se fixara em seus lábios, e continuara ali por horas a fio...

O jovem metaleiro viciado em drogas quase conseguiu, quase entrou em overdose principalmente de maconha, associada à bebida e pó. Por sorte se livrou, ficando em pré-coma um dia inteiro, extasiado, feito estátua, até que, sem aviso saiu espontaneamente daquele estado de torpor no início do anoitecer, quando seu organismo já havia absorvido e conseguido excretar a maior parte de tudo o que havia ingerido.

As pupilas ainda muito dilatadas e os olhos parados davam a impressão que havia morrido. Seus olhos, associados à profunda palidez e àquela baba seca escorrendo pelos lados da boca, denunciavam doença naquele corpo, que para qualquer um que olhasse, mais parecia de um cadáver, que propriamente de um ser vivo. Lentamente a consciência foi retornando, e com ela a larica inicialmente suportável.

- Cara que louco, parece que não vivi um pedaço de minha vida! Não lembro o que fiz durante o dia! Parece que o tempo parou e que anoiteceu antes da hora, que louco! Dizia para si. Para confundir ainda mais, o toca-discos tocava a mesma terceira faixa do vinil, que por uma dessas coincidências inexplicáveis, era a mesma música que se lembrava de estar ouvindo, antes de apagar completamente.

- Ta vendo, até a música... Dizia em voz alta como se realmente conversasse com alguém.

Olhos no relógio e as horas o fizeram se lembrar da mãe, que estava prestes a chegar do trabalho. Para evitar falatório, desligou o som e saiu rapidamente de casa, se dirigindo a padaria, ponto de encontro dos viciados.

Um fedor de azedo era sentido a metros de si, e os seus cabelos ainda brilhavam, meio molhados de suor e engordurados pela falta de banho, assim como a pele de seu rosto. Tudo isso associado às roupas pretas e surradas lhe davam um aspecto de mendigo. Resolveu cortar caminho e ao passar em frente ao botequim do Paraíba, foi chamado:

- Cabeleira venha cá! Com poucas palavras, Paraíba comunicou ao jovem o que estava acontecendo. Tranquilo, disse ter recebido a visita dos "ratos" e estava no sossego!

- Sei que falaram contigo, mas ontem, o Percival, aquele guarda que foi lá em tua goma, disse que se te visse, te avisasse pra tomar cuidado com o Fred. Tu sabes quem é?

- Valeu Paraíba! Foi a resposta de "Cabeleira" ao apelo de Percival e indicava que a conversa havia acabado, parecendo que estava com muita pressa.

- Ta na nóia! Disse o Paraíba.

O silêncio do quarto era quebrado de vez em quando pelo excesso na exaltação que Fred fazia em suas orações. Ao contrário do Cabeleira, passou o dia em jejum e oração. Sua mãe estava de folga e pôde mais uma vez encher o coração de orgulho e alegria por ter um filho tão aplicado e fiel. Era mãe e talvez por isso não enxergava os excessos e nem percebia o estado de excitação que o acometia nalguns momentos.

Fred continuava a orar em voz alta:

- Senhor; sei que hoje é o dia? Ouço tua voz constantemente clamando por vingança! Sei que deseja limpar tua casa dos inimigos, dos iníquos, por isso, me dá forças para que não fraqueje... Manda-me uma mensagem, dá-me um sinal; te peço! Voltou Às orações, agora silenciosas, fechou os olhos e como era seu costume abriu a Bíblia aleatoriamente em 1-João *"[15]mas aquele que faz a vontade de Deus permanece para sempre."* Continuou agora se sentindo feliz com a mensagem enquanto falava com as paredes: Sabemos quem somos e de quem somos, e que o mundo inteiro jaz no poder do inimigo, cheio de almas perdidas a procura de paz e do caminho para a vida eterna, e eu, eu as ajudarei, de acordo com a vontade maior... Acabado as orações, agradeceu: Obrigado Pai, agora tenho a certeza de que sigo Teus caminhos.

---

[15] I João 2:17

Testando sua fé, ainda abriu o testamento novamente. O que leu o deixou finalmente convicto do que deveria fazer... *"[16]Então, ouvi uma voz do céu dizendo: Bem aventurados os mortos que, desde agora, morrem no Senhor. Sim, diz o espírito(...)"* Novamente agradeceu cheio de felicidade, extasiado por voltar a fazer o que mais lhe causava prazer, enviar almas para a eternidade.

- Obrigado Pai! Hoje *"[17]Então ensinarei aos transgressores os teus caminhos, e os pecadores se converterão a ti."* – Olhou para fora e notou que já escurecia, então, sentiu-se como o Cabeleira havia se sentido a momentos atrás...

- Estranho, me sinto como se não tivesse vivido um pedaço de minha vida... Nem lembro o que realmente fiz durante o dia. Parece que o tempo não andou e anoiteceu antes da hora, São os mistérios de Deus?

A Jukebox tocava músicas em troca de uma moeda, o que fazia com grande prazer, em volume muito alto, independendo do tipo ou gosto do cliente, ia de brega a soul music sem problema ou preconceito musical. Na copa da padaria o excesso de trabalho para dois atendentes e um chapeiro, que se revezavam e não paravam um instante sequer. Estava cheia de clientes dos mais diversos tipos, os que buscavam pães e leite e os que buscavam o consolo do álcool no fim de dia, após serviços braçais, pesados e brutos, ou após aguentar o dia inteiro um chefe que parecia sentir prazer em não dar espaço ao menos para se respirar. Em porcentagem bem menor, alguns desiludidos com a vida, brigados com noivas, namoradas, mulher, parentes, enfim, as vítimas do mundo ou condição em que se encontravam.

Sentados nas banquetas ao redor do balcão uma diversidade de fauna razoável: Alguns casais de namorados, um grupo de quatro rapazes que tomavam cerveja, alguns fregueses avulsos que bebiam e comiam, por fim, alguns nóias frequentadores do local, que conversavam bastante animados.

Do lado de fora, alguns grupinhos que frequentemente estavam ou passavam por ali, eram trabalhadores combinando o futebol do fim de semana, malandros de olho nos trabalhadores,

---

[16] Apocalipse 14:13
[17] Salmos – 51:13

aviãozinhos que levavam e traziam suas entregas, e é claro, alguns viciados disfarçados de roqueiros ou funkistas, formando rodas com interesses diferentes, porém sem atritos entre si. Isso acontecia porque, em sua grande maioria, estavam ali unidos pelo mesmo desejo: Drogas! O restante era fachada ou gosto que há muito havia se perdido no tempo, mantendo de si breve lembrança.

Passava das vinte horas, quando a viatura parou em frente à padaria. Murilo e Percival desceram, olharam todos de forma que nem intimidavam e nem davam liberdade, mais para informar que a autoridade estava presente e que por isso todos deviam se conter enquanto estivessem por ali. Ao entrarem na padaria Percival avistou sentado no balcão junto com outros nóias, o Cabeleira. Estava pálido como no dia em que o viu, da mesma forma, sujo, com as mesmas roupas pretas e puídas. Pediram café, enquanto o chamava, para perto de si. Obediente, veio ao encontro do policial se sentindo superior aos demais companheiros, que ficaram observando, calados.

- Olha aqui malandro, não quero nada com você, mas, se por acaso o Fred se aproximar, ou se perceber que está na área, ou te seguindo, me avisa! Entendeu?

- Entendi, mas como? Percival puxou do bolso um papel e caneta, anotando um número do telefone da central com um código, passando as mãos do Cabeleira.

- Outra coisa... Sim. Se souber que deu esse número para alguém, te mato desgraçado!

- Não, tudo bem, não vou dar o número pra ninguém e se ver o Fred por ai, o crente né? Te aviso. Murilo olhou para o parceiro, meneando a cabeça em tom de reprovação, não acreditando no que Percival acabara de fazer.

- Ta ficando louco Percival, como é que dá o seu número de telefone pra esse nóia?

Percival ficou calado, não respondendo a Murilo e muito menos lhe disse que seus pressentimentos haviam voltado e eles diziam que haveria mais morte se não pegasse Fred antes, e o pior, teria que ser flagrante para garantir sua aposentadoria!

Após o café, entraram na viatura e prosseguiram a ronda, já próximo de voltar À delegacia.

Passava das vinte e três horas quando Fred voltava do culto diário, vinha solitário e pensava nas mensagens recebidas anteriormente. Distava uns trezentos metros da padaria e comparou a visão de longe, como sendo a visão da cidade amaldiçoada, parecendo Sodoma. Um antro de perdição... Almas e mais almas perdidas à espera de que alguém como ele lhes desse uma oportunidade de se aproximar do caminho da salvação...

Aquele antro de infiéis e iníquos! Aos poucos se aproximava e bem próximo da padaria o falatório vindo de dentro e da calçada chegava a seus ouvidos, irritando-o. Sentindo-se agredido por aquele barulho que, de acordo com ele, assemelhava-se ao dos infernos.

Estacou de repente enfiando a mão nos bolsos a procura de algo, examinou sentindo o volume e as formas de seu estilete, e ao tocá-lo, imediatamente seu corpo arrepiou, então olhou a bíblia em sua mão lembrando-se das orações e confirmações recebidas, criou coragem e entrou na padaria. Ao entrar, o dono torceu o nariz por não gostar das suas maneiras e atitudes moralistas em relação aos fregueses, que sempre bebiam menos após o seu discurso!

Fred olhou para todos os lados e ia começar sua pregação, quando avistou o Cabeleira, o escolhido para viver eternamente.

- Sim, é ele mesmo. Mudou de ideia. Pediu um refrigerante e um salgado, o que o dono da padaria primeiro estranhou, depois achou ótimo e até baixou a guarda, pois não haveria sermões, continuaria a lucrar e o desgraçado ainda resolvera consumir algo ali, coisa rara...

Fred olhava fixamente seu alvo, imaginando a felicidade daquele iníquo ao chegar diante do pai, finalmente... E como se sentia bem ao realizar atos de bondade, em nome de Deus...

Cabeleira continuava entretido com os companheiros e ainda não havia notado sua presença, enquanto era encarado, ia bebendo animado, conversando muito e guardando no bolso uma pedra, que fumaria assim que saísse dali. Naquele momento o motivo que o mantinha na padaria era a bebida, que estava sendo paga por um colega, que havia vendido a televisão e o som de sua casa para se drogar. Cabeleira não havia chegado a esse ponto por algumas razões, como sorte e coincidências que o levavam a conseguir manter o vício até o momento.

Fred terminou o lanche, tomou o resto do refrigerante parecendo que sairia sem perturbar nenhum dos clientes, contudo, quando estava no caixa, finalmente Cabeleira o reconheceu, se lembrando instantaneamente do numero do telefone e pensando nas prováveis vantagens que poderia tirar da situação, se ajudasse o polícia.

- Aí, disse chamando a atenção dos colegas, tenho um barato aqui que é louco! Todos pensaram imediatamente em drogas, enquanto fazia mistério e aguardavam o desenrolar de suas palavras.

- Ta legal, se liga ai! Sabe o que é isso doido? É o número do telefone daquele "rato" que me chamou agora a pouco, ele quer que eu ligue pra ele quando o crente aparecer!

- Dá o número ai! Assim o número do telefone foi parar nas mãos de todos os nóias do bairro.

Acreditando estar sacaneando Percival, foi ao orelhão e ligou a cobrar para o número, disse o código e foi ouvido pacientemente em todas as besteiras que acreditava estar falando, então a central comunicou À viatura via rádio, quase que imediatamente.

A viatura estava a meia hora da padaria quando receberam o recado. Após a constatação de que Fred estivera na padaria a apenas alguns minutos atrás, Percival parecia ter enlouquecido, pensava na confirmação de seus pressentimentos, e por isso dirigia em alta velocidade e com as sirenes ligadas, quando no meio do caminho um desânimo o invadiu, e teve um nosso pressentimento de impotência, de não poder fazer mais nada, de ser tarde demais, ainda assim, contrariando seus pressentimentos, corria feito doido. Sem entender nada, Murilo falava sem parar, censurando e pedindo explicações para tudo aquilo. Percival apenas disse em tom de sussurro...

- O Fred..., matou o Cabeleira! Mas não é oficial ainda, e por isso, não me pergunte como sei disso, porque não saberia explicar?

Após ter se divertido ligando e falado um monte de bobagens, Cabeleira ia em direção a sua casa, ia bem devagar, pretendia chegar em algum lugar calmo para poder fumar sua pedra e pirar. Aproximava-se de sua casa, olhou para o terreno baldio, carinhosamente chamado de "paraíso" pelos viciados. Nem pensou, entrou sem olhar e procurou o "trono", pedaço de tronco onde se sentavam os pra os becks. Ali se aprumou, fumou e se drogou até entrar em delírio.

Na pressa do vício, de chegar ao paraíso, não tomou os devidos cuidados, não olhou para traz, nem para os lados, a cem metros de distancia. Se tivesse se precavido, certamente teria notado a presença de um homem, que vinha a passos lentos e observara calmamente sua pressa. Parou momentaneamente quando o viu entrar no terreno baldio. E como soubesse de todo porvir, esperou pacientemente por alguns minutos, até que se drogasse, para depois de ter a certeza de que estava muito alto, meio grogue, aparecer dizendo suas lamentações por sua alma, começando um tipo de sessão de purificação. Retirou o paletó e dobrou as mangas da camisa para começar o exorcismo de todo mal daquele corpo.

- Senhor seja feita a tua vontade! O senhor tenha piedade de ti... Cabeleira.

- Ai mano ta "lhoco"? Disse sem reconhecer Fred, que continuava a falar sem parar: "Então, ouvi uma voz da purificação céu... Dizendo:" Nesse momento Fred puxou o estilete e cortou-lhe o pescoço rapidamente, continuando: "[18]Bem aventurados os mortos que, desde agora morrem no Senhor..."

Sem pressa, repetia, com algumas variações, o mesmo ritual que havia feito com Jone Pé e com Neném. Seu corpo se inchava de prazer pelo que fazia, então dizia em seus devaneios ser aquilo obra do Espírito Santo!

Cabeleira sorria debilmente quando, ao contrário de Jones pé e de Neném pressentiu o perigo tendo consciência de que corria perigo, contudo, seu corpo não ajudava, estava completamente sem forças. Pensou em gritar no exato momento em que sentia um ardor no pescoço e a impossibilidade de falar. Um liquido viscoso invadia-lhe a garganta e rapidamente sonhou que tomava sorvete com a mãe ao lado, ela lhe abraçava e dizia, não faz essas coisas que fico triste meu filho, não engula desse jeito, que você se engasga e pode morrer... A voz de sua querida mãe ia ficando mais grossa, até que via a seu lado o polícia, com cara de assustado lhe

---

[18] Apocalipse – 14:13

advertindo, cuidado! Não te falei pra ter cuidado com o crente... Em seguida visualizava perfeitamente Fred a sua frente pregando um sermão, então abaixa a cabeça e aceitava aquelas palavras enquanto morria afogado. Agora ao longe o policial lhe avisava: Te disse, te disse para não entrar na água que é perigoso... Era ele, aquele polícia que deveria salvá-lo, mas estava tão longe, e a sensação de afundar era muito boa, então afundou.

Novamente, como todo serial, metodicamente arrancava a cabeça do iníquo, separando-a do corpo lentamente, com prazer extremo. Depois, cuidadosamente a colocou dentro de várias sacolas plásticas sobrepostas, pretendendo jogá-la num riacho ou bueiro, algum local diferente das anteriores, e o que primeiro aparecesse em sua frente. Beijou, olhou demoradamente e guardou o estilete, sua espada abençoada, e saiu calmamente do paraíso.

Em transe, totalmente fora de si, ia a caminho de casa. Orava e agradecia a Deus quando avistou a sua frente o córrego que dava direto para o rio Pinheiros, ia passando direto, quando como se avisado ou incomodado por algo, se lembrou da sacola que levava, aquela cabeça maldita! Orou mais uma vez por Cabeleira e calmamente, não teve dúvidas, jogou a cabeça no córrego sem se preocupar onde cairia. O barulho do atrito com o chão lembrava muito o de uma bola de futebol batendo contra o solo, caiu num banco de areia, próximo a algumas rochas, entre a água e o capim das margens. Não conseguia ver onde caíra, tinha apenas uma noção, e achou que estava bom como estava. Então continuou seu caminho, sentindo-se purificado pelo sangue do sacrifício feito ao cordeiro...

Cantando os pneus da viatura, Percival e Murilo saíram de frente da padaria no mesmo momento em que Fred acabava de se livrar da cabeça. Os drogados riram muito, achando que sobraria consequência para o Cabeleira, por ter ligado e zoado o polícia, sem ao menor imaginar que o colega de vício jazia a poça distancia dali, encontrava-se sem cabeça no paraíso.

- Vai mais devagar Percival! Sem escutar Murilo, acelerava, encurtando o caminho entre casa do Cabeleira e a padaria, então, ao longe uma figura vindo em sua direção chamou-lhe a atenção, avistou Fred e imediatamente diminuiu a velocidade até emparelhar-se com ele, que vinha calmamente em direção a viatura. Um aspecto real de paz o dominava e contagiava quem estivesse por perto, tanto que ao reconhecer Percival, não se exaltou, ao contrário; cumprimentou calmamente os dois policiais.

- De onde está vindo Fred? Perguntou Percival.

- Da casa de Deus policial, venho do paraíso e você devia se converter! Respondeu Fred com olhar angelical.

- Vamos Percival! Estou achando que furou o teu pressentimento...

- Não, ainda não. Espera ai o Fred. Não viu o Cabeleira por ai? A pergunta inesperada, a priori mexeu com Fred, que mudou o olhar de angelical para agitado, surpreso. Ainda assim respondeu calmamente que não, pois não conhecia nenhum cabeleira! Enquanto fazia as perguntas, Murilo examinava a aparência de Fred, com a bíblia na mão e roupas limpas, se tivessem feito uma revista e pedido para olhar seus braços, teriam um indício imediato do crime.

- Está bem, mas não saia de casa, podemos precisar de você ainda hoje... Novamente a viatura saia cantando os pneus, enquanto Fred observava sua partida com cara de paisagem. Naquela noite, nada mais aconteceu.

Em casa, Fred foi direto ao quarto, pegou sua toalha de banho, azeite ungido e água purificada e tomou um longo banho. A água saiu meio escura de seus braços, o que o fez arrepiar e voltar À cena num flashback muito real. O banho demorado, a água quente associadas a lembrança sumidoura, aos poucos o relaxou ao ponto de quase cochilar embaixo d'água quente do chuveiro. Despertou, desligou lentamente o chuveiro, se secou e foi para cama, não se vestiu, dormiu como há muito não fazia. Naquele momento, na delegacia, Percival e Murilo entregavam o relatório do plantão, avisando aos colegas que se algo fora do normal acontecesse em sua zona, que o avisassem, que era importante. E como todos sabiam de sua investigação particular, concordaram sem dar maior atenção ao pedido.

Com seus cavalos de cabo de vassoura e pena de galinha na cabeça amarradas com linha ou barbante, varias crianças brincavam de índio no meio da rua, se divertindo e atirando sem parar com seus revolveres de plástico de ki-suko vendido nas feiras próximas do bairro. Corriam por toda à parte feito uns desvairados, ora dando tiros, ora flechadas imaginárias, invariavelmente utilizando vasto repertório de onomatopeias. No final da brincadeira, mais enjoados que cansados, todos eram índios e felizes em sua tribo, quando se rendiam a vastas conversas sobre os descobrimentos a cerca do mundo e suas observações à respeito, ou simplesmente continuar de alguma forma a brincadeira.

Estavam a caminho para pescaria para garantir o sustento da aldeia, já que a caça não dera em nada após a longa batalha. Iam lentamente rumo ao córrego sujo, onde normalmente faziam suas pescarias imaginárias ou qualquer outro tipo de atividade, como brincar de Daniel Boone, Tarzan ou Jim das Selvas...

Absorvidos completamente em suas brincadeiras, foi o pequeno Davi de apenas seis anos, quem avistou primeiro a bola, repentinamente mudando o rumo da caça para o futebol.

- Olha lá, uma bola preta! Vamos buscar? A gente começa a brincar de futebol... Em coro todos gritaram, Vamos!

Buscar a bola no córrego, por si só, já era uma aventura. Teriam que descer pela borda sem caminho, através de um capim muito alto, temendo principalmente as cobras imaginárias, depois irem pelo canto de pedras maiores e bancos de areia até chegar ao local onde se localizava o que aparentemente era uma bola, correndo o risco de, ainda ser mera ilusão e não uma bola. Em meio à aventura de exploração, um deles ainda caiu sentado na água podre, rindo muito Às gargalhadas para logo em seguida chorar sem parar com medo da surra que levaria da mãe, contuso, fora esse incidente, nada mais os impediu de chegarem ao local. Próximos do objetivo olharam e riram muito com a nova descoberta: aparentemente se tratava de uma enorme cabeça de plástico! Não é bola, é uma cabeça de plástico bem grande! Gritou Davi. Aproximaram-se e começaram a sentir, naturalmente, o forte odor de putrefação que emanava das sacolas de plástico, sem pudor e talvez mais pela inocência, puxaram a cabeça imaginando o tamanho da boneca para uma cabeça daquele tamanho... Foi Davi quem a puxou pelo cabelo, notando que não era a cabeça de uma boneca, então extremamente assustados gritaram a única palavra que conheciam para essas ocasiões: Mãeeeeee! Em uníssono, alto e muito agudo, largando imediatamente a sacola, que caiu num banco de areia, enquanto corriam desesperadamente cada qual para sua casa.

Na delegacia a mãe de David insistia em sua declaração: Primeiro não acreditei; mas, o menino não é dado a mentiras. Depois de ficar repetindo a mesma história por um bom tempo, resolvi verificar... Disse contando todo o resto da história mais uma vez

- E foi assim seu delegado que tudo aconteceu.

- Pegou todo o depoimento? Perguntou o delegado ao escrivão.

- Sim senhor! Disse o escrivão.

- Obrigado. Daqui a alguns minutos uma viatura vai ao local para averiguar e qualquer novidade, não se preocupe, entraremos em contato.

Com a total desorganização da força do sistema de segurança, apesar dos pedidos, somente uma semana após o ocorrido é que Percival soube do depoimento, Indignado.

- como assim, amigos da onça! O que, outra cabeça? Como não me informaram... Tanto que pedi, não entendo? E corpo onde está, encontraram... Onde foi, já foi identificado...

- Calma ai rapaz! Disse o outro policial. - Está tudo no relatório! E já que está tão interessado assim, pode ler! Foi uma olhadela rápida na localização para ter plena certeza de que Fred atacara novamente.

- Te disse Murilo, não falhou... Sabia que ele atacaria novamente, sabia!

- É isso ai senhor bola de cristal, mas, não acha melhor comunicar tudo ao delegado? Vai ter que abrir sua investigação particular e com sorte, continuar no caso, sabe como é... Percival mudou instantaneamente de eufórico para sério e carrancudo.

- Não! Se falar, um desses "paisana" vai lá e tchau Percival! Lá se foi nossa... Ta me entendendo? Nossa promoção! Precisamos resolver tudo pra garantir que ninguém leve os créditos pelo nosso trabalho. Seu trabalho, você quer dizer?

Não tinham tempo a perder, naquele dia a viatura de Percival e Murilo saiu antecipadamente do pátio, indo direto para o botequim do Paraíba, que ao notar a chegada da "barca", nem esperou, foi ao encontro dos policiais abrindo o bico:

- Vocês sumiram... Já faz uma semana que o cabeleira sumiu e o que ouvi dizer é que tem sujeira no paraíso! Me entende?

Não. Disse secamente Percival.

Tem um lugar lá pra baixo que os meninos usam pra chapar, ficar doidão? E o lugar é conhecido como paraíso, só que não sei onde é! Me entende? E andam dizendo que tem sujeira lá, mas, ninguém fala nada, e a mãe do cabeleira ta achando que o filho pirou e sumiu... Ele já fez isso várias vezes, me entende? Percival agradeceu a informação dada, saiu com pressa, e foi procurar um nóia. Em menos de quarenta minutos conseguira a localização precisa do paraíso e menos de dez minutos da informação, ou seja, da padaria chegavam ao ponto indicado. A viatura parava em frente ao terreno baldio, carinhosamente apelidado de paraíso. O barulho do motor da viatura denunciava os policiais, que ainda ouviram o barulho de passadas rápidas, provavelmente viciados acabando de fugir pelos fundos do terreno. Murilo pensou em correr atrás dos nóias, mas, Percival o impediu, lembrando o que realmente estavam procurando.

O paraíso era um amontoado de entulho na frente, onde muitos pés de mamona e capim alto nasceram e cresceram, criando uma espessa cortina verde que impedia os passantes de observarem o que estava acontecendo após o alto monte de entulho e vegetação. A trilha de entrada, como se escavada por entre a enorme quantidade de restos de construção, permitia a passagem de apenas uma pessoa de cada vez, o que às vezes causava alguma confusão entre os frequentadores, obrigando-os a criar um tipo de senha de entrada e saída simples e funcional. Era só dizer ainda na entrada do paraíso a palavra vêm se estivesse entrando e vai, se estivesse saindo. O terreno que devia ter uns trinta metros de frente e o dobro de comprimento, era completamente cercado por mato e entulho, porém ao percorrer cerca de cinco metros da entrada, de repente se abria em forma de clareira, totalmente sem visão para quem passasse pela rua, ou qualquer um de seus lados. Num canto da clareira, uma árvore com madeiras pregadas, que deviam ser usadas como escadas. Um tipo de observatório dos viciados, invisível de fora, e por onde certamente os viram chegar. Num outro canto, um enorme toco do que fora um enorme pé de eucalipto, meio apodrecido pelo tempo, mas com partes ainda bem firmes onde provavelmente sentavam-se os viciados para fumar cheirar e se picar.

- Aqui não tem nada, Percival!

- Mas tem um cheiro de carniça muito forte vindo daquele lado. Vamos averiguar.

Um corpo, sem cabeça em adiantado estado de putrefação, provavelmente o corpo do "Cabeleira" estava jogado num canto. Fora deixado ou carregado até ali e abandonado como um objeto indesejável, inanimado e sem importância, estava meio encoberto por folhas, lixo e terra. Certamente não seria denunciado, caso os policiais não o encontrasse... Aquela situação deixou os policiais bastante chocados com a falta de humanidade dos viciados frequentadores do paraíso. Não havia mais nada que pudessem fazer, pois fugia de sua competência, então chamaram as autoridades maiores e a perícia, adiantando o relatório enquanto esperavam.

Agora sim Murilo, agora chegou o momento de mostrar as cartas ao delegado, mas, não antes de chamar a imprensa para garantir a autoria da investigação e sermos reconhecidos pela chefia: Medalha, cerimônia de condecoração, promoção de posto, de salários, aposentadoria... Você entende.

A delegacia estava em polvorosa. O delegado feliz em aparecer em todos os canais de televisão ao lado dos bravos homens que seriam posteriormente reconhecidos por seu trabalho exemplar pelo estado. Estava tomada por jornalistas que falavam em crime organizado, máfia, maníacos, crimes em sequencia ou Seriais killers, etc.

Antes da chegada da imprensa, pacientemente, Percival e Murilo aguardavam sentados. Conversavam sem parar, chegando à conclusão de que estava na hora de entregar tudo ao delegado!

Na frente do chefe, Percival começava a contar a história do inicio; suas desconfianças, quando começou a investigação pelo caso de Neném, o mais antigo e passou para o caso de Jone Pé e finalmente, agora o Cabeleira! Percival falava sem parar, valorizando sua investigação particular, enquanto Murilo concordava meneando a cabeça com tudo que o colega falava e explicava. Falava das ligações entre os crimes, assim como das evidências encontradas durante a investigação e a direção para onde tudo indicava, o culpado, e se não, o principal suspeito.

- Porém não temos como provar nada até o momento! Disse finalmente. Só temos indícios...

- Porra Percival... Você faz tudo isso e não consegue nem uma provinha? Que merda hein! Faz o seguinte: Relatório completo, anexa tudo o que conseguiu, que tentarei com o juiz, pelo menos o indiciamento do meliante como suspeito! É o Maximo que podemos fazer, agora vai e agiliza!

-Só uma coisa, deve haver um objeto cortante, que certamente fora utilizado nos três casos... Se conseguir uma busca, ou se dermos sorte...

Vou ver o que consigo, enquanto isso, vamos acalmar a imprensa, vocês começam agora a virar super star. Sem muitos detalhes de nada, certo? Em concordância menearam a cabeça e foram, ao lado do chefe até a sala onde a imprensa se encontrava.

Rumo ao fim

Após sua última missão, coisas maravilhosas começaram a acontecer na vida de Fred. Primeiro soube que seu pai finalmente retornaria da cadeia, então orou e pediu a Deus de joelhos que lhe indicasse o caminho a ser trilhado: Se com ou sem o pai? Afinal aquele homem havia cometido um crime imperdoável... Então, como sempre fizera anteriormente, orou com seus olhos fechados com muita força, e abriu a Bíblia aleatoriamente, colocando o dedo sobre o texto, esperando uma nova missão, contudo o que leu ia contra sua euforia momentânea, contra sua vontade: *"[19]Honra teu pai e tua mãe, para que se prolonguem os teus dias na terra que o Senhor teu Deus te dá."* Disse Amem, com a falsa alegria. Algumas semanas depois, recebeu o aviso de férias do serviço.

Pretendia viajar para a praia e esquecer um pouco os problemas do mundo... A mãe andava muito feliz, e no fundo, ele também. Acreditava ter cumprido grande parte de sua missão junto aos homens e por isso, tinha absoluta certeza de que receberia muitas graças dos céus, algo de muito bom o esperava, tinha certeza!

A vida começou a mudar, quando seu pai voltou! Estava muito mudado, os anos na prisão e possivelmente, o convívio com os detentos o transformou em outra pessoa, era outro homem!

O inesperado aconteceu, as lembranças foram rapidamente esquecidas quando de repente em suas vidas, um sujeito enorme, forte como um touro e grosso até a alma, que se acostumara a conviver com marginais e assassinos de alta periculosidade estava ali, metido no meio das vidas dos filhos e da esposa, enfim, de toda a sua família.

Em seu primeiro dia em casa, discutiu feio com Fred, o que o entristeceu muito, para agravar ainda mais a situação, cometera o erro de bater na mulher, e por fim, bebeu até cair, fazendo coisas e cometendo atos jamais cometidos anteriormente, deixando os filhos revoltados. Nesses dias Fred já pensava em nova missão divina, quando um novo acontecimento fez com que seu mundo caísse de vez.

---

[19] Êxodo – 20:12

Por sorte, estava em frente sua casa quando surgiu um oficial de justiça entregou a ele uma intimação para comparecimento e esclarecimentos sobre a morte de Genivaldo Lucio Mendonça, vulgo "Cabeleira". Mal abriu a intimação e acabou de ler para ficar totalmente fora de si, sentindo um enorme buraco abrir sob seus pés, estava pisando em nuvens com o recebimento da maldita intimação, então, blasfemou, xingou e pediu explicações ao seu deus. Mentalmente pensava, sem razão, sobre a impossibilidade de algo lhe acontecer... Entrou direto em seu quarto e orou pedindo que aquele mesmo deus iluminasse seu caminho, mas, dessa vez o que leu não o tranquilizou em nada.

"[20]Lembra-te, pois que tens recebido e ouvido, guarda-o e arrepende-te porquanto, se não vigiares, virei como o ladrão, e não conhecerás de modo algum em que hora virei contra ti" Não entendeu, repensou e reinterpretou o que lia: Contra ti? Como o seu deus viria agora contra ele, havia algo errado.

- Mas sempre fui teu servo, sempre fiz tua vontade! Senhor... Inconformado orou costumeiramente, orou com os olhos fechados com muita força e orou demoradamente com a cabeça por sobre a Bíblia.

Novamente abriu aleatoriamente o livro *"[21]Quando eu disser ao justo que, certamente, viverá, e ele, confiando na sua justiça, praticar iniquidade, não me virão à memória todas as suas justiças, mas a sua iniquidade, que prática, ele morrerá."*

- Não! Não pode ser, por que, o que fiz de errado? Dizia agora em prantos, enquanto novamente testava a sorte com o dedo indicador por sobre a página: *"[22]De modo que aquele que se opõe à autoridade resiste à ordenação de Deus; e os que resistem trarão sobre si mesmo a condenação. Porque os magistrados não são para o temor, quando se faz o bem, e sim quando se fez o mal."* Após as várias tentativas infrutíferas, não sabia o que pensar... Em sua cabeça perturbada, nada havia de errado no que fizera. Agora estava não apenas inconformado e triste, sentia-se muito amedrontado com o que lera, com as consequências de seus atos, então chorou copiosamente por toda à noite. Somente após muito

---

[20] Apocalipse 3:3
[21] Ezequiel 33:13
[22] Romanos 13:2, 3

tempo surgiu uma nova ideia: Teria sido enganado pelo satanás, o maligno senhor das trevas... Estaria metido numa grande enrascada, se fosse realmente isso... Pensava agora em como se explicaria diante do pai... Com seus novos problemas a crise de choro aumentou, indo dormir muito tarde, já próximo do horário, enquanto aguardava a hora de se apresentar ao juiz...

O tribunal era surrado e nada parecido com os dos filmes, as mesas e cadeiras dos magistrados se destacavam das demais por terem rodinhas nos pés enquanto que a mesa do juiz era um pouco mais alta que as outras com um crucifixo bem acima de sua cadeira. Um mini auditório com cerca de trinta cadeiras em frente à mesa do juiz e à sua esquerda um local reservado para cerca de doze jurados, e a direita o local onde ficaria exposto o réu e os policiais concluíam o que se poderia ser dito sobre o local de paredes brancas e chão forrado com placas de borracha. Ficava num prédio de vinte e dois andares e ocupava todo o oitavo andar, que era dividido em quatro salas/tribunais do júri, onde normalmente aconteciam julgamentos de crimes e homicídios, porém, naquele dia especifico eram apenas esclarecimentos e pedidos feitos pelo e para o Juiz!

Fred chegou a primeira portaria muito inseguro, sem coragem de dizer qualquer coisa a respeito para os membros de sua família, estava só. Entrou após se identificar e ser checado de uma enorme lista, onde foi encaminhado para o terceiro tribunal do júri. A sala toda branca, com pouca ou nenhuma diferença das demais, tinha como principal mobiliário as três mesas, sendo a maior do juiz, que deixava bem clara a intenção de mostrar por detrás de si as bandeiras do Brasil, de São Paulo, Estado e Cidade. A seu lado uma mesa menor à direita, reservada para a acusação e outra igual, à esquerda, destinada a escrituraria. Em frente ao juiz, uma mesa e uma cadeira para o futuro réu, que ficava de costas para os assistentes, caso houvesse. À esquerda do juiz, a mesa dos advogados de defesa, e atrás deles, a cadeira para os policiais que, dependendo do andamento das exigências, negociações ou imposições do juiz, imediatamente algemavam e lavavam o agora réu, para a prisão. Ainda à direita, num canto, as cadeiras dos jurados, que invariavelmente, nestes dias não compareciam.

O julgamento

Como não se tratasse de julgamento, todos estavam muito a vontade. Percival apostava todas as suas fichas no nervosismo de Fred, e por isso, fez questão de comparecer, ainda que sua presença fosse, neste dia irrelevante.

O juiz atrasou cerca de vinte minutos, o que fez a tensão e insegurança de Fred aumentar indo à níveis muito altos. Seu coração estava muito acelerado, sentia suas batidas ecoarem pelo peito, braços e têmporas. Em certo momento achou que teria um colapso ou parada cardíaca. Finalmente o Juiz entrava com sua toga preta, sentava-se, olhava seus papeis, aparentemente mais para checar o que faria do que para qualquer outra coisa. Finalmente bateu o martelo pedindo silêncio a todos, pois a seção iria começar.

Sem mais delongas chamou o senhor Frederico, entre e sente-se, por favor! Fred entrou tremendo dos pés a cabeça, quase tendo calafrios. Estava extremamente nervoso e irritado com seu deus e com aquela situação em que lhe metera, Olhou para o lado e acabou ficando muito mais irritado ainda, ao notar a presença de Percival, que lhe piscou e exibiu o sorriso mais sarcástico que possuía, carregado de cinismo, assim que fora reconhecido. Em sua cabeça, Fred julgou que estava ali aguardando para levá-lo preso.

Finalmente o juiz levantou a cabeça como se fizesse um reconhecimento dos presentes, repetiu o pedido de silêncio e pediu a atenção de todos, esclarecendo a Fred que tinha direito a um advogado, e que caso não pudesse arcar com as despesas de um, nomearia um defensor público para acompanhá-lo, e que por enquanto se encontrava diante do tribunal para esclarecimentos não era acusado de nada, não era obrigado a responder nenhuma das perguntas, sendo o seu silêncio um direito lhe reservado pela constituição. Fred mal ouviu o que dissera.

- Adianto ainda que estará sob juramento, e que tudo o que disser poderá ser usado contra o senhor! Ante que comecemos a seção deseja falar algo Senhor Frederico?

- Sim meritíssimo, não preciso de advogado por que não fiz nada, além de ter a meu lado o melhor advogado que possa existir... Deus! Acostumado com esse tipo de reação em muitas pessoas, realmente inocentes em alguns casos, inicialmente o juiz não deu muita importância ao falatório de Fred.

- Muito bem senhor Frederico, já que dispensa a presença de um advogado, o tribunal nomeia o defensor publico para acompanhá-lo e se necessário, nomearemos um. Por favor, chame o Doutor Marco Gutt! Começaremos com as rotinas normais para quando o Doutor Marco chegar entrarmos direto no interrogatório do suspeito.

Era grande a quantidade e complexidade das perguntas e de acordo com que ia respondendo, Frederico ia se enervando, ficando enfezado, ia pensando porque o seu deus o deixava passar por aquela provação... Assim foi somatizando as coisas e situação em que se encontrava, a todo o momento olhava indisfarçadamente para Percival, que mantinha o riso insolente no rosto, provocava ao máximo sem que fosse notado, esperando que Fred se perdesse ou até o momento em que o nervosismo começasse a confundi-lo com o que dizia... Pois tinha certeza que mentia o tempo todo, que subestimava sua inteligência, e que a qualquer momento meteria os pés pela mão, poderia, num ato de sorte, começar ali diante do juiz, porque não?

Agora completamente transtornado pelo nervosismo e insegurança, olhava para o juiz com olhos de piedade e clemência, se esforçava ao máximo e tentou até que já não tivesse mais forças, o quanto pode aguentar, aquele interrogatório, mas, suas mentiras agora o atrapalhavam, mal escutava o que lhe diziam e tinha enorme dificuldades com as datas antigas, os locais e situações inventados, tudo ia se tornando enormemente diante de si, até chegar ao ponto de não suportar mais, e ficar completamente estático por alguns instantes como se utilizasse da prerrogativa de calar-se em benefício próprio, e por fim, com os olhos e rosto completamente corados, as mãos trêmulas e a baba seca, denunciando a falta de insalivação, explodir...

Completamente fora de si, seus nervos estavam em frangalhos, a cabeça girando muito rápida e a alma pesada pela culpa delegada a ele.

Agora a todo o momento surgiam em sua mente imagens muito reais de suas vítimas em câmera lenta, passo a passo os momentos iam surgindo aleatoriamente. Inicialmente lembrou-se de Neném e em seguida do sonho que tivera com ela, seu corpo, o morro, as maldições, para nos momentos seguintes rever a cabeça solitária no morro, zombando de sua desventura, indo embora aos poucos, lentamente; depois era Jone pé a sua frente lhe oferecendo insistentemente um baseado, parecendo estar muito louco, e dizendo que já estava perdido, ia queimar no inferno, então era melhor abraçar o capeta muito louco, doeria menos... Via por fim o Cabeleira rindo inocentemente, feito criança, sentado a sua frente com trejeitos de neném, inocentemente, aos poucos se transformara num tipo de demônio, que blasfemava e jurava que o perseguiria até o inferno!

Como se fosse realmente acima de qualquer pessoa, tomado por seu estado de loucura, se levantou, olhou para todos lentamente e berrou:

- Calem-se e ouçam o que o Espírito Santo diz!

- Ensinarei aos transgressores os teus caminhos, e os pecadores se converterão a ti! Palavra do Senhor, Rei dos reis! Graças a Deus, Amém?

Imediatamente o silêncio tomou conta do local seguido por risinhos vindos de todos os cantos. O juiz pediu ordem no tribunal, enquanto todos olhavam fixamente para Fred, que agora havia se transformado, já não habitava mais aquele corpo, em seu lugar a figura do diabo da loucura humana...

Estava com os olhos injetados de sangue, como se fossem explodir a qualquer momento, e como se refletisse suas cores, as bochechas avermelhadas e a boca num interminável frenesi, abrindo e fechando como se houvesse perdido a capacidade de emitir sons e de controle, ou houvesse perdido as palavras nalgum canto obscuro de suas capacidades mentais. Era como se as palavras caíssem de sua boca antes que pudesse soprá-las, para no momento seguinte, num ritmo e sequencia aparentemente intermináveis disparar e não parar mais o falatório! Sua voz saia numa tonalidade muito alta, quase aos berros, alternando para um tom ridiculamente muito baixo, um sussurro suave com efeito contrário. Irritante! Aos poucos ia verbalizando retalhos das escrituras, misturando sermões, livros e orações sem interromper o falatório ou calando-se imediatamente. O juiz ainda tentou conversar e acalmá-lo com autoridade, o que não causara nenhum efeito.

O senhor quer se acalmar; o senhor está bem senhor Frederico? Lhe foram perguntadas várias vezes, contudo Fred não respondia, não conversava, apenas falava descontroladamente...

- Pelo contrário, se teu inimigo tiver fome a ninguém fiqueis devendo coisa alguma, exceto o amor com que vos ameis... Sou prisioneiro de Cristo Jesus por amor a vós,... Nada façais por ti, todavia, que importa?... Uma vez que Cristo, de qualquer modo, está sendo pregado, quer por pretexto? Digam-me irmãos... E em meio ao descontrole novamente se calara, e após alguns instantes, com os olhos cheios de lágrima que escorriam incessantemente por sua face, no que parecia ser um momento de sanidade disse: - Por favor me salvem disso tudo, dessa condição que dói muito, dói demais, por favor...

A boca de Fred era o espelho de sua alma, atormentada pelas iniquidades cometidas e pelo excesso da culpa que agora lhe pesavam demais por sobre a consciência, talvez como defesa natural, entrara em estado de catatonia.

Ficou parado por longo tempo. O juiz pedia ajuda de equipe médica, imediatamente chamada para atender seu pedido, enquanto Fred se mantinha de pé, seu corpo teso, se recusando a relaxar, a sentar-se. Então o improvável acontecera; em meio às alucinações, caíra em si em raro momento de consciência, então começou a chorar em voz alta, desesperadamente, enquanto ia confessando um a um seus crimes, como se estivesse lendo um rol à todos, a cada novo crime, um novo nome ao qual pedia perdão:

- Perdão Neném, ainda te amo! Jone, porque não aceitou a Deus? E você Cabeleira, porque não andaste no prumo de Deus, como te pedi com tanta insistência? Por alguns instantes calou-se, como se estivesse tomando fôlego, continuando em seguida: Agora só falta você Frederico!!! Dizia com voz alterada, colocando-se no lugar de Deus se justificando, e mudando de voz logo em seguida: Desculpe, ó Pai, mas, se arranquei meu membro, foi para que não fosse com ele para o inferno... O pai é justo e sua justiça vem através de mim, o agente de Deus! Completamente perplexo, o juiz ordenou que o imobilizassem para sua própria segurança, até a chegada de um psiquiatra e de sua família.

Epílogo

As árvores eram frondosas e rodeadas por belos jardins totalmente floridos. Havia centenas de metros deles, o que permitia aos pacientes fazerem longas caminhadas por entre flores, colibris e a calma quase sobrenatural da fazenda. Num canto isolado, Fred olhava para o infinito. Há dias que estava muito calado, e quando resolvia falar, de sua boca saiam apenas pedaços de textos Bíblicos sem nexo, ou para pedir perdão a Neném.

O médico psiquiatra que o acompanhava, dizia ser impossível se fazer qualquer previsão de melhora ou piora em seu estado, que inspirava constante vigia, devido a crises depressivas muito fortes e constantes e em meio a tudo isso, um início de autismo, o desligava totalmente dos que estavam a seu lado, parecendo entrar num estado de profundo sofrimento...

Foi essa a explicação ouvida pelo pastor Teuber daquele médico a sua frente.

- Filho... O que houve contigo? Momentaneamente Fred pareceu reconhecer aquela pessoa e entender o que o lhe perguntava, então baixou a cabeça e deixou escapar novas lágrimas, para logo em seguida, como se tentasse se esconder da realidade, voltar a seu mundo autônomo e a seu estado de autista...

Foi com grande tristeza e frustração que o pastor Teuber voltou à Alemanha.

FIM

*CONTATO COM O AUTOR: **ronascri@gmail.com***